创美文化
做中文语境下最美的书

回归悦读，回归经典

轻经典

歌德抒情诗选

[德] 歌德 著　潘子立 译

中国友谊出版公司

图书在版编目（ＣＩＰ）数据

歌德抒情诗选 ／（德）歌德著 ；潘子立译. -- 北京：中国友谊出版公司，2013.1

ISBN 978-7-5057-3159-2

Ⅰ．①歌… Ⅱ．①歌… ②潘… Ⅲ．①抒情诗－诗集－德国－近代 Ⅳ．①I516.24

中国版本图书馆CIP数据核字(2012)第306714号

轻经典

书名	歌德抒情诗选
著者	（德）歌德
译者	潘子立
出版	中国友谊出版公司
发行	中国友谊出版公司
经销	新华书店
印刷	北京彩虹伟业印刷有限公司
规格	889×1194毫米 32开
	8印张 290千字
版次	2013年7月第1版
印次	2013年7月第1次印刷
书号	ISBN 978-7-5057-3159-2
定价	30.00元
地址	北京市朝阳区西坝河南里17-1号楼
邮编	100028
电话	（010）64668676

版权所有，翻版必究
如发现印装质量问题，请与承印厂联系退换

与经典同行

当今，各种快餐，无论是物质的抑或文化的，充斥着市场，有健康的亦有非健康的。图书自然也不例外。曾几何时，文学是何等神圣的殿堂，能读到这座殿堂里一部经典名著又是何等崇高的精神享受，或曰：奢求！然而，我们在欢呼社会在市场化进程中带给我们极其丰富的物质享受的同时，却不自觉地忽略了传世的经典作品给予人们的精神力量和心灵滋养，甚至把经典作品"修理"得面目全非，使真正想要读好书的广大读者面对林林总总、形形色色的"经典作品"良莠难辨，无从选择。因此，我们本着对读者负责，对我们出版人自己负责的态度，经过认真的甄别筛选，向读者庄重推荐这套《轻经典——中外名著悦读丛书》（按我们目前初步设想，这套丛书将包括文学、哲学、历史、艺术等门类的经典作品）。所谓轻经典，绝非指经典本身之轻，而是指阅读经典的一种新姿态，即抛却外物的纷扰与喧嚣，摒除内心的烦乱与驳杂，以一种轻松愉悦的心态，亲近经典，走进经典，跟经典对话，与经典同行，一路领略经典的别样风景，感受经典的精彩世界，聆听经典的真情告白，使自己的人生有所感悟，让疲惫躁动的心安静下来，在这经典的港湾里歇息一下，补给一下。这就是我们编选这套《轻经典——中外名著悦读丛书》的缘起。

我们所遵循的编选原则是：

1. 不求大规模，不求全覆盖，凡列入轻经典的每一部书都是经过认真挑选的，且篇幅适中。

2. 译者都是各自领域的专家学者，译文都经过了市场和时间的大浪淘沙和反复检验，其品质是可信赖的。

3. 译者对译文作了认真修订与润色，对著名的西方典故、重大历史事件、人物等增补了必要的注释，使文本更臻完美。

4. 序言不拘一格，无论是学术性的译序，抑或散文式的导读，还是交流式的阅读感悟，都可看出译者的至情至真和可贵的责任心。

5. 这套轻经典为精装本，我们力求做到装帧清新雅致，使经典作品真正从内到外名副其实，不仅让读者感受到经典的内在美，同时也给读者以视觉美感，提升其珍贵的悦读与收藏价值。

在我们过去的潜意识里，经典作品给人的印象是厚重的、深刻的、严肃的；我们一般看待经典作品是仰视的、庄重的、虔敬的。这的确没错，但我们换一种态度，换一个视角，来重新面对、阅读、品味、感受这些经典，相信不变的经典于我们也是亲近的、温馨的、大众可以阅读的，经典的魅力与辉光绝不会因我们的阅读方式与阅读心态的改变而减损丝毫。所以这是一套献给大众的轻经典，不管你来自哪个阶层，不管你从事何种职业，只要你喜欢读书，这套轻经典就属于你。比如大作家高尔基，他在社会最底层时，就开始读巴尔扎克、司各特、大仲马、普希金等名人名著，后来他写出了许多享誉世界的伟大作品，并因此跻身经典作家的行列，流芳百世，令人敬仰。诚然，读书是一种人生趣味与精神需求，它一般可能标示出一个人的价值取向。所以，从这个意义上说，与这套轻经典结缘，你的人生也许从此而改变，而精彩，而超越。

在当今躁动的、物欲的社会环境下，当你读着手中的这本书时，那种烦乱浮躁、茫然惶恐的感觉或许会减轻不少。一部好书、一部经典，会让你的心绪自然而然地宁静下来，这就是书籍的力量，这就是经典的力量！所以我们深信：书籍不仅是知识的源泉，也是安全的港湾和幸福的源泉。相信这时的你也一定会感觉到阅读经典原来可以获得这样的轻松与怡悦、静谧与欣然。

把读书当成希望就能读出信念，把读书当成享受就能读出快乐，把读书作为一种思考就能产生智慧，读书超越名利和得失就能读出自由与博大、仁爱与宽容、宁静与恬淡。让我们一起阅读经典吧，让我们曾经游离的思想、漂泊的精神和没有依托的心灵回归家园——回归阅读、回归经典，让思想升华，让道德高尚，让精神纯净，让心灵温馨，让社会和谐。

我们知道，我们的水平是有限的。我们不敢妄言这套轻经典是最好的。但，我们自信这套轻经典是更好的。最后，我们真诚地对读者说：做到最好的，是我们出版人不懈的追求；奉献更好的，是我们出版人当下的责任。

让我们与经典携手，一起同行吧！无论你身处都市，抑或远行荒岛，有这套轻经典相随相伴，烦忧定将不再，孤寂定将遁形，你的生活从此多姿而亮丽，智慧而快乐！

刘引梅

2011 年 9 月

目录

1

狂飙突进时期的抒情诗（选译）
（1770—1775）

第一个魏玛十年抒情诗（选译）
（1776—1786）

古典时期抒情诗（选译）
（1787—1805）

4

从十四行诗到《西东歌集》（选译）
（1806—1819）

晚年抒情诗（选译）
（1820—1832）

译者序

　　——如果有人不得不孤单地在一个孤岛生活一段时间，他只能带一本书，您建议他带什么书？

　　——歌德诗集。

　　一位德国作家这样回答。

　　面向德国读者，他这么说，不无道理。

　　在德国文学史上，歌德是一座难以企及的高峰。因为有了他，德国文学才开始走出国门，跻身于世界文学之林并享有盛誉。他的《浮士德》悲剧和抒情诗被公认为世界文学宝库中永放异彩的瑰宝。

　　歌德是一位罕有其匹的天才诗人。他八岁开始写诗，一生创作的诗歌达四千余首，而更加令人惊叹的是，这些诗篇是那么清新、明丽，那么精美、高雅，那么色彩鲜亮、婀娜多姿，至今依然葆有巨大的艺术魅力。这在杰出的古代抒情诗人中也是不多见的。《漫游者之夜歌》（所有的山峰上空／是宁静）就是这一类抒情诗名篇中最著名的一例。这首历来被诗评家誉为经典之作的短诗属于"抒情式

1

风格最纯的实例之一 ①"，曾被德国诗学教授作为抒情诗的范例收入讲授诗艺的教材，至今仍是众多学者和诗评家研究、评论的对象。

歌德有不少描写自然景色的上乘诗作。这些诗中的大自然总是和人、和抒情主人公的情感相互映衬，融为一体。歌德描绘多姿多彩、气象万千的大自然的诗篇往往还蕴含着深刻的人生哲理。《日出》、《夕阳》都鲜明地体现出这一特点。读这两首诗，我们看到的不仅是作者对自然现象细致的观察、丰富的想象力和非凡的诗才，透过诗中对自然景色的描绘，我们更看到诗人、思想家歌德的胸襟和气度。诗中的景色，自然是客观存在的。但作者首先必须是一位心胸开阔、思想深刻的诗人，才能把日出日落写成这样奇幻瑰丽、气魄恢宏的诗章。歌德的自然诗，写的是自然景色，是意境，同时也是诗人的心境。

歌德抒情诗的主体是爱情诗。爱情的主题贯穿着诗人诗歌创作的始终。爱的旋律是歌德抒情诗的主旋律。他的数量颇丰的爱情诗生动地描画了不同情境中恋爱中人或单纯或复杂的种种心绪：燃烧的激情，兴奋的期待，欢乐的感受，理智与感情的抗争，面对选择的犹豫彷徨，痴情女性的刻骨铭心，中年男子趋于温和沉静的情思，老年人真挚深情的回忆、思念和表白……不同年龄层的男性读者和女性读者读歌德的情诗，几乎总能发现其中的某些诗篇所描画的正是自己曾经或正在体验而自己尚未能如此深刻、明白地道出的心绪。而所有这一切情感及其表达又是那么温柔、优雅、和谐，自然而又互不雷同。这也是歌德的爱情诗具有独特的艺术魅力的缘由之一吧。爱是诗歌永恒的主题。古今诗人吟咏爱情感人至深的不朽名篇不胜

---

① 〔瑞士〕埃米尔·施塔格尔著，胡其鼎译.诗学的基本概念.北京：中国社会科学出版社，1992

枚举，其中大多是抒发诗人本身的感受，像歌德这样，在不少以女性为抒情主人公的诗篇中对恋爱中的女性心态的描写如此细腻、逼真，实属鲜见。读歌德的情诗，不能不令人感佩诗人对爱情体验的深刻与表达方式的细腻。

　　生活是艺术的源泉。歌德爱情诗的巨大魅力植根于爱的沃土。爱情是他生命的重要情感支柱，是诗歌创作灵感的不竭源泉。风流倜傥的诗人，一生几乎始终有深情女子的爱滋润着他的诗心。从诗人十七岁时写《致安涅特》（1767）到八十二岁写《凋谢吧，甜美的玫瑰》（1830），收入本书的情诗所涉及的他的恋人就有十位左右。天才诗人歌德是一位天生的情种。直至晚年，爱的情感还在老诗人心中炽热燃烧。1823年夏天，七十四岁高龄的歌德老人热恋上了芳龄十九的贵族少女乌尔莉克①。那年夏天在马里恩温泉浴场，歌德经常光临舞会。他翩翩起舞，心情极佳，就像一个坠入爱河的年轻人。人们以为他对乌尔莉克无非是浪漫诗人的逢场作戏。其实不然，他是认真的。歌德就他的身体状况是否适于迎娶年轻女子一事同他的私人医生闭门密谈，在得到肯定的答复之后，便向奥古斯特大公爵表明心迹，恳请他向少女的母亲提出联姻的请求，结果未能如愿。歌德的痛苦无以复加，于是便赋诗描述这一悲剧事件在心中激起的情感波澜，这就是经常被后世文学评论者视为绝唱的《哀歌》。不久，歌德大病了一场。后来，乌尔莉克终身不嫁。由此可见，歌德的恋情并不是一厢情愿的。当代德国著名作家马丁·瓦尔泽（Martin Walser）以歌德这场失败的"忘年恋"为题材，写成长篇小说《情种》（Ein Liebender Mann），2008年面世之后位列畅销书榜首。小说末尾，乌尔莉克在临终之际让她的侍女焚烧一包信件，并把纸灰装

――――――――――――

① 即乌尔莉克·封·列维佐夫，1804—1869。

进一只银制小盒，并吩咐在她去世后放进棺材。据乌尔莉克的大侄女说，那些是歌德写给她的信件，她一直珍藏着不予示人。

对歌德的风流成性、到处留情，后人的评价趋于两极。例如歌德对乌尔莉克的追求，有人斥之为"荒唐"，有人赞誉为"伟大的恋爱"。种种议论，见仁见智，不一而足。但有一点并无异议，也是这里必须提及的：尽管歌德一生中有那么多恋爱经历，但他并没有变得情感庸俗，玩世不恭。他的感情是真实的、诚挚的。唯其如此，众多女性才被他打动芳心，即便未能与他成为眷属，也终生无怨无悔。真实无伪，这是歌德抒情诗的一大特点。他的爱情诗往往比他的日记更多、更详细地披露出他内心的情感和思想，因而其中好些诗歌也成为研究歌德的重要文献（譬如《哀歌》）。歌德的一些爱情诗（譬如《银杏》）还含有发人深思的深邃哲理。直至晚年，歌德依然葆有如同年轻人一样新鲜、敏锐的爱的感受，依然葆有对美的独特的视角和感受，因而他年届六旬之后所写的爱情诗依然魅力不减，只是更温婉、更深沉、更含蓄。

歌德一生持积极入世的生活态度。他热爱生活，"生活是美好的，/无论怎样的生活"（《未婚夫》），他眼里的世界，永远那么美好，那么阳光灿烂。守塔人林叩斯的歌唱出了歌德的心声：

> 啊，幸福的双眼！
> 举凡你们所见，
> 宇宙洋洋万象，
> 何其美丽壮观。
>
> ——《守塔人林叩斯之歌》

因此，读他的抒情诗，呈现在我们眼前的是一派和谐的令人愉悦的鲜亮色调。若问他的乐观主义从何而来？人们或许会说，源于他的生活理念，也源于他的成就、地位和高贵身份，这当然不无道理。歌德自己是怎么说的？我们从歌德的诗中看到的答案是：爱。在他看来，生命的活力来自爱，爱是生命之源，"爱是生命中的生命"。他"透过爱的眼镜观看"，"眼里一切都壮丽"（《这世界看上去非常美好》）。在《写给夏绿蒂·封·施泰因》这首小诗里，诗人更是把爱提到近乎至高无上的高度：

> 我们的生命来自何处？
>
> 来自爱。
>
> 我们缘何会感到失落？
>
> 无爱。
>
> 什么能助我们度危难？
>
> 爱。
>
> 我们是否也能找到爱？
>
> 经由爱。
>
> 什么能让人不久久哭泣？
>
> 爱。
>
> 什么能让我们永世结合？
>
> 爱。

如果有一段短暂的时间没有对象让他去爱，也没感觉到被人爱，他就会感到：生活像一片荒原。

在诗歌创作方面，歌德是创新者，又是传统主义者。他在继承传统中有创新，在创新中延续传统。他写格律诗，也写自由体。无论是格律诗或自由体诗，他在内容、诗体、技法、语言诸方面均有所创新，而其音步、韵式等等，又都符合诗歌传统严格的格律要求。他青年时代的诗歌创作便已显现这一特点，在中晚年作品中则成为鲜明的特色。一首内涵丰富的好诗，不仅经受住了时间的考验，而且也能让后来的读者感悟到、发掘出比前人的诠释更多的意涵，这是真正的上乘诗品。歌德的抒情诗中就有不少这样的绝妙好诗。提起歌德，我们常听到"说不尽的歌德"的感叹，同样，歌德的诗歌也是说不尽的。相信细心的读者诸君从歌德诗中必定会有更多发现和感悟。

　　本书选译歌德抒情诗一百七十三首，除选自《西东歌集》的诗篇依照该书排序外，全书以创作年代顺序编目。这本诗选也许还不足以反映歌德抒情诗的概貌，但这里所选的诗篇都是他漫长诗歌创作生涯中的重要作品，从中可以清楚地看到诗人不同时期的创作特点以及从早年到中年、晚年诗歌风格发展变化的脉络。限于译者的学识和才力，译文虽几经修改，理解与表达的不当之处，必在所难免，诚恳期待海内外专家学者和读者诸君指正。

　　感谢刘引梅、高中甫两位先生的支持和帮助，使这本诗选得以面世。

潘子立

6

早期抒情诗（选译）

（1767—1769）

安 涅 特①

致 安 涅 特

古人往往以神明、
缪斯和朋友之名,
却无人以情人的芳名
作他们著作的书名。
安涅特,你是我的神明,
我的缪斯,我的良朋,
我的一切,为何我不能
也用你的亲爱的名字
作为这本诗集的书名?

---

① 安涅特,即安娜·卡塔琳娜·舍恩科普夫(Anna Katharina Schönkopf,1746—
1810),又称凯特馨(Käthchen),她是歌德在莱比锡大学读书时期的恋人。安涅
特是昵称。歌德自 1767 年 8 月至 1767 年 10 月中旬创作的诗歌由恩斯特·沃尔夫
冈·贝里施收集、保存,并由他在日后安排出版,书名就如本诗所写的,以诗人
"情人的芳名"——安涅特"作为这本诗集的书名"。本书《致安涅特》至《致我的
歌》等五首均选自《安涅特》。

致 睡 眠[①]

你用罂粟[②]可以
强令诸神闭上眼睛，
你常让乞儿当国王，
还让牧人会见姑娘。
你听好了：今晚我
不向你要求梦影，
只求你帮个大忙，
亲爱的，你务必答应。
我坐在恋人身旁，
她一双星眸春意荡漾，
在那充满妒意的丝绸下边，
她的酥胸隆起、膨胀，
她常把我的蜜吻
拿去逗那小爱神，
严厉的母亲还没睡安稳，
若好事难成我会伤心。

晚上你还会在那里
遇上我，哦，走进去，

---

① 本诗作于1767年年初。神话中职掌睡眠的神，在古代西方文学艺术中是一个长着翅膀的男子形象。
② 罂粟提炼的鸦片可用为催眠剂。在古代的西方，神的形象常有角，角里面可藏催眠的罂粟。

从你的羽翼撒下罂粟，
让母亲快快入睡。
暗淡摇曳的灯影里，
让亲爱的安涅特暖暖和和地
像母亲沉入你的胳膊，
让她沉入我贪婪的怀里。

安涅特给她的情人①

我看见朵莉丝站在达默特身旁，
他温柔地握着她的手：
两人久久凝眸相望，
又环顾四周，看父母醒来没有，
周遭没有一个人影，
飞快地——和我们一样，他们做够了那事情②。

喊 叫③
（仿意大利诗作）

最近我悄悄尾随心上人，

---

① 这首诗作于 1766 年 9 月底。朵莉丝和达默特是西方传统牧歌剧中女主人公和男主人公常用的名字。
② 那事情：指接吻。
③ 本诗约作于 1766 年秋天至 1767 年 9 月之间。德国的歌德诗歌研究者至今未能确认被模仿的意大利诗是哪一首。

顺利跟随到树林，
我抱住她，她说：
我要喊了，放开我。
我倔强地威胁：谁搅和我们，
哼，我叫他丧命！
别出声，亲爱的，她示意，悄悄耳语：
别让人听见，别出声。

致 我 的 歌

亲爱的短小的歌，
请证明我的快乐；
这般春季佳日良辰，
往后怕难得有了。

风趣的友人行将远行，
我曾将你们唱给他听。
啊，不久我这颗心或许
也将为我的恋人哭泣！

但在别离的悲伤过后，
她的星眸会望着你们，
那时她将忆念起我们
往昔欢乐的美好时辰。

新 歌 集 ①

（由贝恩哈德·泰奥多·波莱科普夫谱曲）

夜 ②

我欣然离开这小屋——
我心爱的人的居处，
在阒寂无人的树林
轻轻地、轻轻地漫步。
月光透过黝黑的橡树，
南来的风轻轻吹拂，
桦树弯下腰给她
撒下清甜的香雾。

沁人心脾的清爽，
融化灵魂的安谧，
树丛中恍若闻耳语。
今夕何夕，甘美如斯！
快哉！欢畅！不可思议！
可是，上天啊，我愿让给你

---

① 《新歌集——由贝恩哈德·泰奥多·波莱科普夫谱曲》于 1769 年 10 月在莱比锡问
世，是歌德正式刊印的第一本诗歌集。初版每首诗前有为该诗谱写的乐谱。本书中从
《夜》至《献诗》等七首均选自《新诗集》。

② 本诗作于 1768 年初。

7

上千个这样的夜晚，

只要我的恋人给我一夜。

幸　福^①
——致我的姑娘

你常在梦中看见

我俩一起走向祭坛^②，

你当新娘我新郎；

醒着的时候我常常

趁你不备吻你的口，

尽情地，吻个够。

我们感受的至纯幸福，

几多丰饶良辰的欢乐和乐趣，

皆如时光消逝。

享受于我有何益？

最温馨的吻亦如梦消失，

一切欢乐如一吻。

---

① 《幸福》作于 1768 年春，另一版本题作《幸福——致安涅特》。是诗人写给他莱比锡
　　时期的恋人安娜·卡塔琳娜的。
② 旧时德国人说领一少女"走向祭坛"是娶某女为妻的文雅的说法，意为他们要在教堂
　　举行婚礼。

新 婚 曲 [①]
——致我的朋友

远离喜庆喧嚣的洞房里,
忠实于你的阿摩尔 [②] 担心
恶作剧的客人施诡计,
断送新婚之床的安谧。
他面前暗淡的金色火焰,
闪烁着神秘圣洁的微光,
袅袅香烟充满了房间,
让你们好生享受一番。
到了该驱散喧闹的宾朋之时,
你的心跳得多么激烈!
你渴望那美丽的香唇,
它很快静默毫不拒绝。
你匆匆料理诸事完毕,
要同她携手走进圣地,
守夜人手里的那盏灯,
如一点夜光,又小又静。

她的酥胸和丰满的脸

---

① 此诗作于 1767 年 10 月初。“我的朋友”指贝里施。那一年 10 月 7 日或 9 日,歌德
　 写信给他,附上此诗。
② 阿摩尔 (der Amor),罗马神话中的爱神。

9

因你不住地狂吻而起伏，
她的矜持变成了震颤，
你的大胆已成为义务。
爱神帮你为她解衣衫，
速度还赶不上你一半：
随后他狡黠又本分地，
紧紧闭上了他的双眼。

变　换 [1]

我躺在水波荡漾的河水里，河水清澈见底！
我张开双臂迎向涌来的波浪，
多情的水波抚摸我的胸膛。
轻浮的它随即沉到水底，
第二个波浪又来抚摸我，
此时我感受到变换欢情的乐趣。

哦，年轻人，要明智。人纵然失意，
别徒然为失去快乐的时光哭泣，
如果哪个轻佻的女孩子忘了你。
去吧，去唤回往日的快乐时光，
第二个姑娘的胸脯吻起来会比
吻第一个姑娘的胸脯还要甜蜜 [2]。

---

① 本诗作于 1768 年春夏间。
② 原文如此，尽管令人感到不那么优雅含蓄。

对　月 ①

第一道光 ② 的姐妹，
悲哀而温柔的图像！
你迷人的面庞周遭
浮漾着雾影银光。
你那轻盈的脚步
唤醒了在白昼紧闭的洞中
悲哀地离世索居的灵魂 ③，
唤醒我和夜间的飞禽。

你探索的目光
囊括了辽阔的广袤！
请把我举到你的身旁，
这幸福也让热情分享！
漂泊天涯的骑士想必在夜间
透过晶莹的栅栏，
欣喜而平静地
朝他的姑娘观看。

在她丰满的肢体周围，

---

① 本诗作于 1768 年年底或 1770 年年初。诗中，月亮被视为太阳的姐妹。
② "第一道光"指阳光。
③ 歌德在 1769 年 2 月 13 日致弗丽德莉克·布里翁的信中谈到这首诗，称此句意指"阵亡的英雄四处游荡的灵魂。"

11

荡漾着极快乐的微光。
我沉醉的目光低垂。
人何需对月儿遮蔽。
可是，这是什么愿望啊！
心里充满享受的欲望，
又得高高地挂在天上；
哎，你只能盲目责骂自己。

失去的初恋 ①

啊，谁能追回美妙的日子——
初恋的那些日子，
啊，谁能追回那美好的时光，
哪怕只追回一小时！
我孤独地滋养我的创伤，
不停地反复悲诉，
哀悼失去的幸福。

啊，谁能追回美妙的日子，
追回那美好的时光！

---

① 本诗可能作于 1769 年年底或 1770 年年初。歌德的初恋情人是安涅特，又称凯特馨，
她是一家饭馆老板的女儿，年长歌德三岁，于 1769 年出嫁。

献　诗①

它们摆在你面前，就在这里！
这些小河边涌流出来的歌曲，
没有费心思刻意雕琢的痕迹。
怀着年轻人爱恋的深厚情意，
做着青春岁月曾做过的游戏，
我就这么径直唱出这些歌曲。

这些歌，谁能唱谁就唱吧！
在一个美好的晴朗春日，
年轻人会需要这些歌曲。
诗人在远处眨眼示意，
出于欣慰、宁静的心情，
他用大拇指按住眼睛。

半似斜视半似聪慧，他的双眸
稍稍湿润，眺望你们的幸福，
期期艾艾地说出若干警句格言，
请倾听他最后的教导，
他做得像你们一样好，
并且深知幸福的界限。
你们温情脉脉，接吻，感叹，

---

① 本诗作于 1769 年年中。

你们欢呼，歌唱，殊不知
深渊就近在咫尺。
草地、溪涧和阳光转瞬不见，
倘若此刻严冬来临，
你们很快会悄悄结姻缘。

你们笑话我，喊道：这傻瓜！
狐狸丢掉了尾巴，
恨不能大家都像它一样。
但这寓言不适合当下情况，
没有尾巴的忠实小狐狸
告诫你们当心掉进陷阱里。

狂飙突进时期的抒情诗（选译）

(1770—1775)

短　歌
（附赠亲自手绘的缎带 ①）

小小叶儿，小花朵朵，
善良的小春神用轻盈的手
嬉戏般地把它撒在
极轻且薄的缎带上。

西风啊，把它携上你的翅膀，
绕上我的恋人的衣裳！
她会兴奋又欢快，
跑到镜子前面来。

她见自己被玫瑰包裹，
像玫瑰一样娇嫩，
我的爱人，给我一个吻！
这报酬就已足够。

请感受这颗心的感受，
由衷地伸给我你的手，

---

① 1770 年 10 月，歌德结识斯特拉斯堡附近一小村庄塞森海姆（Sesenheim）教区牧师约翰·雅各布·布里翁（Johann Jacob Brion, 1717—1787）的小女儿弗丽德莉克·布里翁（Friederik Brion），在斯特拉斯堡时期创作的抒情诗后来被德国文学史家和诗评家称为塞森海姆诗歌、弗丽德莉克抒情诗或弗丽德莉克之歌。这首小诗作于 1770 年 9 月至 1771 年 8 月之间。在绸缎带上绘画作为馈赠的礼品，是当时的一种时尚。

愿联结我俩的纽带，
不像玫瑰缎带脆弱①！

欢会与别离②

我的心儿狂跳，快上马！
几乎才动念，人已在马上③；
暮色把大地轻轻摇晃，
夜幕已张挂在群山：
橡树披上了雾衣裳，
如高高堆积的巨人一般，
黑暗睁着上百只乌黑的眼，
从灌木丛里向外窥探。

可怜的月儿从叠叠云山中
透过薄雾窥看，神色凄然，
风儿轻轻鼓动翅膀，
骇人地呼啸在我耳旁；
黑夜造出千百种妖魔，
但我意气风发心欢畅：
我的血管中热血似火！

————————————

① 此句照字面直译是：……不是脆弱的玫瑰花带。
② 《欢会与别离》作于1771年春天，和这个时期因与弗丽德莉克的恋情而创作的其他
诗篇一起被称为"塞森海姆之歌"。歌德1775年发表本诗第一个版本时是没有标题
的，至1789年收入《文集》，才首次冠以《欢会与别离》的标题。
③ 1810年，年已六旬的歌德重新审视狂飙突进时代的这首旧诗，作了两处修改，这是
其中之一，最初发表时这一行诗是"猛冲上去，像英雄上战场！"

熊熊烈焰燃烧在我心房！

看到你甜蜜的目光，

柔和的喜悦流进我心里，

我的心整个儿在你身旁，

每一次呼吸都是为了你。

玫瑰色明艳的春光，

环绕你迷人的面庞，

柔情蜜意都为我——诸神啊！

这是我的企盼，我却不配安享！

可是，啊！眼看快要日出，

我心中充满离情别意：

你的蜜吻里，怎样的狂喜！

你的眼神里，几多凄楚！

我走了，你站在那里目光低垂，①

含泪望着我的背影远去；

确实，被人爱，何其幸福！

恋爱，神明啊，幸福无比！②

---

① 原诗最后一诗节的第五、六行（全诗的第二十九、三十行）是"你走了，我站着，目光垂地，/ 含泪望着你的背影远去；"。

② 黑格尔评论这首诗道："语言和描绘固然很美，情感固然很真挚，但是情景却很平凡，结局很陈腐，自由的想象也没有起什么作用。"（见黑格尔《美学》第二卷第三章 朱光潜译。）黑格尔主张诗歌要写"英雄史诗题材"，他不看好日常场景的描写可能与此主张有关。歌德对他的这一看法并不赞同。

五 月 歌①

多么美妙啊，
自然在闪耀！
太阳多明媚！
原野在欢笑！

千万根枝条，
鲜花齐怒放，
千百种声音，
自树丛鸣响，

人人自胸中，
齐欢声歌唱。
啊，大地！太阳！
啊，幸福！欢畅！

爱情啊爱情，
你有如山顶
漂浮的朝云，
灿烂如黄金；
你欣然祝福

---

① 本诗作于 1771 年五六月间，原题为《五月节》，属斯特拉斯堡时期作品。1789 年版
《歌德文集》卷八中改诗题为《五月歌》。

20

清新的田野、
浓郁花香中
这大千世界。

啊，少女，少女，
我多么爱你！
你星眸闪亮！
你多么爱我！

像云雀喜爱
在高空歌唱，
像晨花喜爱
天堂的芬芳。

我满腔热忱
倾心挚爱你，
你给我青春、
欢乐和勇气。

去翩翩起舞，
并谱写新曲！
愿你永幸福，
与爱我同期！

野 玫 瑰 [①]

少年看见一朵小玫瑰，

荒原上的小玫瑰，

那么幼嫩，又那么美艳，

急忙跑去近前看，

看得心里好喜欢。

玫瑰，玫瑰，红红的玫瑰，

一株玫瑰在荒原。

少年说我要摘你，

荒原上的小玫瑰！

玫瑰说我要刺你，

叫你永远忘不了我，

我不愿受你折磨。

玫瑰，玫瑰，红红的玫瑰，

一株玫瑰在荒原。

野蛮的少年摘下了她——

荒原上的小玫瑰，

玫瑰边抗拒边去刺他，

她徒然悲伤怨叹，

① 《野玫瑰》是歌德在斯特拉斯堡时创作的作品，也许 1770 年已经写成了，但也可能作于 1771 年春。据说歌德接触到一首民歌，其中有叠句"荒原上的小玫瑰"，留下深刻印象，即据此写成此诗。奥地利作曲家舒伯特为这首诗谱写的歌曲流传至今。

22

只得认命被摧残。

玫瑰，玫瑰，红红的玫瑰，

一株玫瑰在荒原。

不知道我是不是爱你 ①

不知道我是不是爱你：

只要一见了你，

望着你的眸子，

心中所有痛苦都消失；

天晓得怎么会这样子！

我不知道是不是爱你。

醒来吧，弗丽德莉克 ②

醒来吧，弗丽德莉克，

去赶跑黑夜，

只要你星眸一瞥，

白昼就来临！

鸟儿们温柔啁啾——

亲切的叫声，

叫唤我亲爱的姐妹：

① 这首诗写于 1771 年 4 月至 8 月之间，和《欢会与别离》同属于弗丽德莉克之歌，歌德生前未将此诗收入作品集中。

② 本诗作于 1771 年。

快醒呀，快醒！

你的话、我的安宁
都不再神圣？
醒来吧，真不可原谅！
还酣睡不醒！
你听，今天夜莺已沉默，
不再诉苦情，
只因你没能摆脱
凶恶的睡神。

曙色晨光在颤动，
微弱的亮光
映红了你的房间，
却没把你唤醒。
你偎依在姐姐胸前，
她为你操心，
天色越来越明亮，
你睡得越深沉。

我看你睡着，我的美人！
从我的眼睛
流下一滴甜蜜的泪，
它使我失明。
谁见了能无动于衷，
不热血沸腾？
即便他从头顶到脚跟

皆由冰做成！

也许你梦中见到了我，
啊，我多么幸运！
梦中人半睡半醒地在做诗，
骂缪斯女神。
你看他这张面孔，
苍白又绯红。
他已然没有睡意，
可又还没醒。

睡梦中你错过了
夜莺的歌声，
现在罚你且来听
我编的韵文。
诗韵像沉重的轭一样，
压在我胸膛；
我的缪斯女神中之最美者——
你呀，你还睡着。

灰色、暗淡的早晨 ①

灰色、暗淡的早晨
覆盖可爱的原野，

---

① 这首爱情诗估计是 1771 年秋天在法兰克福写的，描写诗人对弗丽德莉克别后的思念。

我周围的世界
在茫茫雾里隐藏。
啊，可爱的弗丽德莉克，
我愿能回到你身旁，
在你明眸一瞥里
有幸福和阳光。

我的名字和你的名字并排
刻在那棵树上，
寒风会吹得它们变苍白，
所有的欢乐都已烟消云散。
草地嫩绿的微光
像我的脸一样暗淡，
永远见不到太阳，
弗丽德莉克我再也看不见。

不久我要去葡萄园
采摘成熟的葡萄，
周遭万物生意盎然，
新酿的葡萄酒冒着泡沫，
我独自在荒凉的园亭，心想：
她要在这里多好，
我要送给她这些葡萄，
可她……她能送我什么？

啊，我多么想念你 [①]

啊，我多么想念你，
小天使！你只在梦里，
只在我梦里才出现！
我受多大折磨也心甘，
为了你，我战战兢兢地和神灵争辩，
睡醒时呼吸都艰难。
啊，我多么想念你，
啊，你对我多么珍贵，
即使在沉甸甸的梦里！

青春温柔的苦恼 [②]

青春温柔的苦恼
引我来到一处荒郊，
大地母亲静静地睡着黎明觉。

---

① 此诗写作时间难以确定。有的研究者推测可能是 1771 年秋天写于法兰克福，也有人
认为可能作于 1772 年春天或夏天。1772 年 5 月，歌德在韦茨拉尔帝国最高法院实
习期间，在一次舞会上认识了友人克斯特纳的未婚妻夏绿蒂·布芙。很快，歌德便深
深爱恋上了她。青年歌德和夏绿蒂的交往和无望的恋情遂成为诗人创作《少年维特
之烦恼》的主要素材。如果本诗作于 1772 年春夏，那么诗中的"你"应该就是夏绿
蒂·布芙。
② 据估计，本诗作于 1772 年的达姆施塔德。1777 年 6 月 1 日，歌德给夏洛蒂·封·施
泰因送去"我最初几年写的所有东西"。后来在施泰因夫人遗物中发现此诗手稿。

寒风飒飒响，摇晃着僵硬的枝条。

应和着我的充满痛苦的歌曲，

发出令人惊悚的旋律。

大自然惊恐、寂静而悲伤，

但比起我的心，它充满希望。

看啊，太阳神，你手持玫瑰花冠，很快

就会变出个睁着又大又蓝的眼睛、

金发卷曲的孪生兄弟①，

沿着你的轨迹迎面而来。

年轻人去新草地上跳舞，

礼帽上装饰着丝带，

青草丛中，姑娘采撷紫罗兰；

她弯腰神秘地端详着胸脯，

由衷喜悦地看着今天的它

比去年五月节绽放得更迷人、丰满，

感受着，并希望着。

请神为我保佑

在他自家花园里的那个男人！他松土、

整修园圃，准备撒种，开始得多么及时！

冬天仓皇逃遁，抛出雾幔笼罩大地，

把江河、原野和山林

裹在灰蒙蒙的寒冷里，

三月才刚刚从贫瘠的边地

撕开冬天的冰雪衣，

他就不失时机地

心中装着丰收的预期，

① 太阳在 5 月进入双子星座。

播撒着，并希望着。

过 路 人 ①

对 话

过 路 人

愿上帝保佑你，年轻的太太，
保佑在你怀里
吃奶的男孩！
让我靠着这堵岩石墙，
在榆树荫下
放下身上的包袱，
在你身旁歇一会儿吧！

少 妇

什么职业驱使你
白昼冒着酷暑
风尘仆仆走山路？
你从城里带货物
来到乡下？
陌生人，你在笑，

---

① 这首牧歌情调的诗篇 1772 年作于法兰克福。诗中的过路人不辞辛劳、长途跋涉，前来
山区寻访古典文化辉煌时期的遗迹，发思古之幽情。在少妇的引导下，如入宝山，不胜
惊叹，而"居住在残破建筑物"之间的少妇对这一切早已司空见惯，不以为奇，二人的
态度，相映成趣。纯朴无邪的少妇热情接待过路人，显示淳厚的山民古风依然。

你笑我的问话？

过 路 人

我没有从城里

带什么货物来。

天气闷热；黄昏了，还闷热。

请你告诉我，哪里是

你饮用的泉水，

亲爱的少妇！

少 妇

从这石砌的小路上去！

往前走！穿过灌木丛，

沿小路走去，

就是我住的茅屋①，

我饮用的泉水

就在那里。

过 路 人

灌木丛之间

多是人工布置的痕迹——

随处播撒的大自然，

安放这些石头的，不是你！

少 妇

再往上走！

---

① 在西方古典文学作品中，茅屋是有牧歌情调的地方的标志物之一，下文的泉水亦是如此。

过 路 人

青苔覆盖的一块额枋——
我认得你，造型的精灵！
石块上铭刻着你的印章！

少 妇

继续走，陌生人！

过 路 人

我跨过一块碑文！
维纳斯之伦
已皆湮没无存，
你们本应向
你们的万代子孙
证明先师的虔诚。

少 妇

陌生人，你诧异
这些石头？
上面我的小屋周围，
这种石头很多很多。

陌 生 人

在那上面？

少 妇

穿过灌木丛上去，

左侧!
就在那儿!

过 路 人
列位缪斯和美惠女神!

少 妇
这就是我的小屋。

过 路 人
一座庙宇的废墟!

少 妇
从那边下去
就有泉水喷涌,
我取它来饮用。

过 路 人
你依然热心地在你的坟头活动着,
天才!在你上方
你的杰作已然支离破碎,
哦,不朽者啊!

少 妇
请等会儿,我给你
拿个汲水的器具。

过 路 人

常春藤环绕

你的苗条神像[①]！

你从瓦砾中昂首高耸，

成对的圆柱！

而你，姊妹，孤零零地独自在那儿，

神态庄严而忧伤地俯视

你们脚下

已损毁的你们的姊妹！

黑草莓丛的叶荫下，

瓦砾和泥土遮盖着你们，

长草在上面随风摇曳！

大自然，你就这么珍爱

你的杰作的杰作[②]？

你麻木地毁坏了

你的圣物，

在其中播撒荆棘！

少 妇

孩子睡得多香！

你要在小屋歇会儿吗，

陌生人？还是想在这儿，

---

① 在欧洲 18 世纪的牧歌里，常春藤缠绕的庙宇废墟、残破的石柱、神像常为田园风光
的一景。

② 此句中第一个"杰作"指人，第二个"杰作"指人类创造的艺术品，包括建筑物。

在白杨树下坐会儿？

这里很凉爽！你抱一下孩子，

我下去汲水！

睡吧，宝宝，睡吧！

过 路 人

你睡得多么香甜、安宁！

像天使一样健康，

呼吸均匀平静！

你诞生之时

沐浴着往昔神圣的余晖，

你的身上保存着它的精神！

在神的自我感觉之中，

每天都在享受

周遭无处不在的余韵流风。

饱满的幼芽——

明媚春天的饰物，

开放吧，在你的伙伴们面前闪亮！

当花萎谢脱落，

升起吧，丰满的果实，

从你的胸中升起，

迎向太阳而成熟！

少 妇

上帝保佑孩子！——他还在睡？

除了一块面包

和新鲜的饮水，

我没有什么可请你品尝。

过路人

谢谢你！
这里一派欣欣向荣，
满眼葱绿！

少妇

我丈夫快要
从地里回家了；
留下吧，过路人，
和我们一起
共进晚餐！

过路人

你们就住在这里？

少妇

是的，就住在这些残破建筑物之间。
这小屋是我父亲盖的，他从瓦砾堆里面
挑选石头和旧砖。
我们就住在这里！
他把我许给一个农夫，
便死在了我们怀里。——
你睡醒了，好宝宝？
你，我生活的希望！——
他多活泼，多贪玩！
这淘气的小东西！

过 路 人

大自然，你永恒的萌芽者啊，

你使人人都享受生命。

对你的所有孩子们

都慈母般地

赋予一份遗产——

一座小屋！

燕子在屋檐筑巢，

在无人能触及的高处，

那是多么美丽的饰物；

毛虫编织金色枝条①，

让幼虫安全过冬；

而你，为了你的需要，

在往昔崇高的废墟之中

营造一座小屋，

哦，人啊！

在坟茔之上享用吧！

再见，幸福的少妇！

少 妇

你要走？

过 路 人

愿神保佑你们，

---

① 此处"金色枝条"不仅指秋天金黄的树叶，而且指美好的黄金时代。

祝福你们的男孩！

少　妇
一路顺风！

过 路 人
这条路通往
山那边的什么地方？

少　妇
通往丘米①。

过 路 人
到那儿有多远？

少　妇
三里多。

过 路 人
再见！
哦，引导我前行吧，大自然，
引导我沿着异乡人
在往昔神圣的墓茔之上
旅行的脚步漫游；
引导我走向
抵御北风的庇护地，

---

① 丘米，意大利南部古城，是希腊最早的殖民地。

那里一座白杨树的小树林

抵挡正午的骄阳！

傍晚我回家，

回到被最后的夕晖

染成金黄色的小屋，

愿我被这样一个女人迎候，

她怀里抱着一个男孩！

朝圣者之晨歌 ①
——致丽拉

丽拉，晨雾

笼罩着你的钟楼，

但愿我不是

最后一次看见它！

然而灵魂深处

千百幅回忆的画面

神圣而温暖地

在我的心头萦绕回环。

当你首次

腼腆而深情地

遇见

这个陌生人，

① 本诗作于 1772 年 5 月。丽拉是霍姆堡（Homburg）宫女 Luise von Ziegler 的名字，
歌德在 1772 年 4 月同友人一起首次访问她。

你一下子
把永恒的火焰
投进了他的灵魂，
此时屹立的钟楼
是我狂喜的证人。
哪怕北风
有如上千条蛇舌
在我的头颅周遭呼啸！
你也不会低头屈服！
或许当离开
太阳母亲的视线时，
你会弯下
幼嫩枝条的头颅。

你无处不在的爱呀！
你使我浑身热血沸腾！
让我昂首挺胸地
抗御风暴，面对危难，
你向我过早枯萎的心
倾注进了
双重的生机：
生之乐趣
和勇气。

鹰 与 鸽 [①]

一只幼鹰展翅升空
去追寻猎物，
被猎人的箭射中，
右翼的筋断了！
它掉下来，落在一处桃金娘林丛，
它强忍三天创痛，
痛苦地抽搐了
三个漫长的、漫长的夜晚；
最终还是治疗万物的大自然
医治了它。
它钻出树丛，
伸展双翅，啊！
再也没有飞翔的力量！
它使劲挣扎
也难以离开地面，
微不足道的捕猎也无法实现；
它深感悲伤，
只得停息在溪边
低矮的岩石上，
举目仰望橡树，
仰望天空；

---

① 作于 1772 年秋冬或 1773 年春。

40

它高傲的眼睛
泪水充盈。
这时，一对鸽子扑扇着翅膀
故意穿过桃金娘树丛的枝杈，
飞下来，边点头
边踱过溪边的金沙，
又相互偎依在一起。
鸽子们求爱的淡红的眼睛向四处张望，
看见了那位深切哀伤者。
雄鸽好奇而和蔼地
飞到邻近的树丛，
自鸣得意而友善地望着它。
"你伤心，"它调笑道，
"高兴点吧，朋友！
这里的一切
不是能让你获得宁静的幸福吗？
这金色的枝条保护你白天
不受烈日灸烤，你不高兴？
落日的霞光照在溪边
柔软的苔藓上，这种景象
也不能使你挺起胸膛？
你在晨露清新的花间徜徉，
从丰饶的丛林拾取
适宜的食物，稍感口渴，
可饮银泉而神清气爽。
啊，朋友，真正的幸福乃是知足，
知足，则无处不幸福！"

"哦，聪明，"鹰说，忧郁地
陷入深深的沉思，
"啊，智慧！你说得像一只鸽子。"

鸽子和狐狸①

有个少年有一只小鸽，
彩色斑斓的羽毛美得不得了，
少年按照自己的方式爱鸽子：
他用嘴给小鸽子喂食；
小鸽子带给他那么多欢乐，
他不愿自己一人偷偷地乐。

不远处有一只老狐狸，
它见多识广又爱饶舌，
把奇迹和谎言混在一起吹牛皮，
少年常听得心下好不欢喜。

"我得让狐狸看看我的小鸽子。"
少年跑去找狐狸，狐狸躺在灌木丛里。
"你看我的鸽子，我的美丽的小鸽子，
你可曾见过一只鸽子像它这么美丽？"

---

① 本诗 1773 年作于法兰克福。原题《譬喻》，属于动物寓言诗一类，与下一首诗同，故
译文改诗题为《鸽子和狐狸》。

"拿来瞧瞧！"少年把鸽子交给狐狸。

"还看得过去，不过它还有些问题。

羽毛太短了，太短了，"

狐狸开始拔鸽子的羽毛。

少年惊呼！——"就是得用力，

否则不好看，飞不上去。"

鸽子一根毛也没有了。

"怪胎。"

鸽子快死了。

少年的心碎了。

谁理解少年的心，

对狐狸得格外当心。

譬　喻 [①]

沿着小溪，走过草地，

走进自家花园里，

他采摘最新鲜的花卉，

心跳因期待而加剧，

意中人来了——啊，收获！幸福！

年轻人，用鲜花换意中人看一眼！

篱笆墙那边邻居园艺师望着这边，

[①]　本诗作于 1773 年秋。1774 年 3 月 5 日首次匿名发表。

"我也想当这么个笨蛋！
我很乐意栽培花朵，
还可保护果实不让鸟儿们啄。
果实熟了；钱呢，好朋友，
辛苦一场，不该挣点儿报酬？"

这像是两位作者。
一个在周围播撒欢乐，
为读者，为众多朋友；
另一个要求预付报酬①。

作　　者②

如果没有你，
我算什么，
读者朋友！
我的所有感受无非自言自语，
我的所有欢欣都将无声无息。

---

① 18 世纪 70 年代，德国开始出现著作人要求预支稿酬的现象。
② 本诗可能写于 1774 或 1775 年。

批 评 家 ①

有个家伙来作客，
我不觉得多麻烦，
也就是家常便饭。
这家伙连我储存的餐后甜点
也吃得个盘底朝天！
刚觉得这家伙填饱了肚皮，
鬼使神差，他又跑去找邻居，
对我的伙食说三道四：
汤应多加些作料才好，
烤肉还差点火候，葡萄酒窖藏年头不够。
真他妈的活见鬼！
狠狠揍他，这条狗！这是个批评家。

普罗米修斯 ②

用云雾遮蔽
你的天空吧，宙斯！

---

① 这首诗可能是针对当时在吉森大学任诗学教授的克里斯蒂安·海因里希·施密德而发的。施密德同时又是一个文学批评家，歌德对他极为不满，就写了这首诗。1774 年发表时以《厚脸皮的客人》为题，署名 H.D.，实为匿名。

② 本诗可能是 1773 年 10 月至 1775 年初之间作于法兰克福。这首诗历来被德国文学史家视为歌德诗歌中十分重要的一首，它突出反映了狂飙突进时期青年歌德性格中 "叛逆的天才" 的一面。

像男童

剁蓟草一般

剁橡树、铲平山峰吧！

你可别碰

我的大地、

我的茅屋 ^①

（它不是你盖的）

和我的炉灶，

因炉灶里的烈火

你嫉妒我。

我不知阳光下有什么

比你们诸神更贫困；

你们靠可怜的

祭祀供品

和祈祷的气息

维持尊严。

假如那些乞丐和小孩子

不是些满怀希望的傻瓜，

你们都得饿死。

当我还是个

懵懂无知的孩子，

我把迷茫的目光

转向太阳，仿佛那儿

有一只耳朵倾听我的怨诉，

有一颗心像我的心一样

① 此处"茅屋"的意象比喻人保护自己的处所。

怜悯窘迫者的不幸。

何曾有谁助我
对抗提坦①们的骄横？
何曾有谁拯救我，
使我免于一死，免于被奴役？
一切不都是你自己完成的吗，
神圣的炽热的心？
但你年轻、善良，受了蒙骗，
为感谢上边那个酣睡者
对你的救赎之恩而五内俱热。

要我尊敬你，凭什么？
你可曾减轻过
如牛负重者的痛苦？
你可曾止住
受威吓者的泪水？
把我锻炼成堂堂男子的，
不正是全能的时代
和永恒的命运——
它是我的、也是你的主人。

或许你还妄想
我该厌憎人生，
逃往蛮荒之地，

———————————

① 希腊神话中的巨人。

47

因为不是所有花季少年
都能美梦成真？

我坐在这里造人，
按照我的形象
造一个像我一样的种族，
去受苦，去哭泣，
去享受，去欢欣，
并且像我一样
不敬你。

伽 尼 默 德[①]

春天，我的爱人，
你在我周围燃烧，
如同在朝霞之中！
你那永恒热力的
神圣情感
以万千宠爱的狂喜
挤迫我的寸心，
无穷的美啊！

———————

① 本诗大约写于 1774 年春天，很可能是在法兰克福写的。伽尼默德是希腊神话中的人
物，他本是一位王子、美少年，后被诸神带上天，充任宙斯的侍酒郎，于是伽尼默德
由尘世的变成了超尘世的。有论者称：这是一首爱情诗，是歌德火热的自白。诗的内
容和上述神话故事没有关系，自凡尘向超凡尘过渡是二者唯一的共同点，追求爱的情
感的升华或为本诗题旨所在。

我真想把你
拥进怀里！

啊，我躺在
你的胸脯旁，苦恋着，
而你的花草一个劲儿地猛长，
逼近我的心房。
你缓解了我心胸里
火热的渴望，
可爱的晨风啊！
夜莺从雾谷里面
亲切地朝我呼唤。

我来了！我来了！
去哪儿？唉，去哪儿？

向上，奋力向上！
白云飘飘，
向下方飘去，
俯向渴念的爱情。
向我！向我！
被你们包在怀里
升上天宇！
环抱着又被环抱！
偎依在你胸前
升上天宇！
慈爱无疆的天父啊！

图 勒 王 ①

从前有个图勒王，
终生贞诚情难忘，
王妃将逝肝肠断，
金樽一盏赠国王。

王爱金樽胜万物，
逢宴必饮尽此觞；
每用金樽饮美酒，
国王热泪便盈眶。

自知大限已临近，
举国城镇与宝藏，
悉数颁赐予王储，
独留金樽在身旁。

巍巍海滨一古堡，
宏敞庄严大祀堂，
国王端坐国宴上，
骑士环绕老国王。

_____

① 图勒是北欧一个有传奇色彩的王国，位于色得兰群岛附近。歌德很可能是根据传说
  写成这首罗曼采曲的。这首诗作于 1774 年 7 月，具有浓厚的民歌风格。诗中没有什
  么花哨的形容词，也没有什么比喻，似乎只是平铺直叙地说下去，唯其朴素，益显真
  切、感人。

50

席间立起老酒徒，
痛饮生命之琼浆，
饮罢一掷手中杯，
投入滔滔碧海浪。

金樽浮沉波涛里，
俄顷沉入大海洋。
国王已一命归阴，
从此滴酒不复尝。

紫 罗 兰 ①

有一朵紫罗兰开在草原，
低垂着头儿没人理睬；
一朵可爱的紫罗兰。
年轻的牧羊女走过来，
她步履轻盈心情愉快，
走过来，过来……
唱着歌儿向草地走来。

啊，紫罗兰心里想，唯愿
我是大自然最美的花朵，

---

① 《紫罗兰》作于 1774 年年初，正值歌德第一个创作高峰期。这首诗很可能和弗丽德莉
克有关。

哪怕只是很短时间，
只要可爱的女孩摘下我，
紧紧压在她胸前！
只要啊，只要……
只要一刻时间！

可是，啊！姑娘走过来，
不理睬紫罗兰，
可怜的花儿，被她脚下踩。
她被踩死，心里还喜欢：
我要死了，要死了，
因为她，她……
她把我踩在脚下。

艺术家之晚歌 [1]

啊，我愿内在的创作力量
在我的心中鸣响！
我愿从我的手指间涌出
一个生机勃勃的形象！

我结结巴巴，我浑身战栗，
但我却无法放弃；
自然呀，我感受到你，我认识你，

---

[1]　本诗 1774 年 12 月作于法兰克福。有的德国原版歌德诗选题作《一个硬笔画家之歌》

所以我必须把握住你。

当我想到我的心扉
已经开启了多年，
早先它是贫瘠的荒野，
如今享受着欢乐的源泉。

此时我全身心贴近你，
自由而亲密地感受你，自然，
你将从千万条水管中
为我喷射出快乐的喷泉。

你将使我的全部力量
在我的感官中扩展，
令这狭隘的存在
扩展至无限的未来。

少年维特的喜悦 [①]

早先有个年轻人，
不幸死于忧郁症，

[①] 本诗 1775 年春作于法兰克福。德国作家弗里德里希·尼古拉（1733—1811）不满歌德的书信体小说《少年维特之烦恼》，于 1775 年发表《少年维特之喜悦》一书，该书以喜剧结尾取代维特自杀的结局。歌德为反击弗里德里希·尼古拉而作本诗。多年后，歌德在《诗与真》第十三卷中写道："弗里德里希·尼古拉的书给予我们一次取乐的机会，我便写了一首讽刺诗。"诗中的维特墓属虚构。

随后也就被安葬。

有一个才子路过，

忽然内急要出恭——

这种事原也常有。

他慌忙爬上坟头，

蹲下解了个大手，

欣赏一番自己的排泄物，

然后一身轻松又上路，

他边走边自言自语：

"此人怎么就活不成！

他要是像我这么拉一堆屎，

就肯定不会死！"

新的爱情，新的生活 ①

心儿，我的心儿，究竟是何原因

---

① 歌德于 1775 年 2 月在法兰克福写的这首诗，真实地反映了他和丽莉·勋涅曼恋爱初
期一段时间里的心态。歌德在《诗与真》第十七卷中这样描述他和丽莉的关系："她
是一位美丽、可爱、有教养的女孩，我和她的关系，和我同以前［的女孩］的关系一
样，只是更为高雅。但我对外表之类的事情确实没想过。一种难以抑制的渴望占了上
风，我不能没有她，她不能没有我；可是由于当时那种环境，也由于她圈子里个别人
的介入，常有不甚愉快的时候！……"为了使读者对那个时期他和丽莉的关系获得清
晰而形象的了解，歌德叙述到这里插进了《心儿，我的心儿，究竟是何原因？》(本
诗的另一标题)这首诗。
　　富家小姐丽莉热情而任性，热衷社交活动，而此时的歌德已发表了《少年维特之
烦恼》和《葛兹》等作品，成为德意志文坛狂飙突进运动的领军人物，要他按照丽莉
的方式去生活，苦恼是必然的。这是新的甜蜜中的苦涩，是"温柔的羁绊"带来的苦
恼。最后两行"啊！这是多大的变化！／爱情！爱情！放了我吧！"透露出欲图摆脱
同丽莉的婚恋关系的端倪。

54

如此困扰你，令你不得安宁？
这新的生活是多么陌生！
陌生得让我无法辨认。
你以往的忧烦、以往的爱，
如今已不复存在，
你还失去勤奋和平静——
啊，怎么落到这般情景！

是青春的花卉束缚你
那妩媚可人的娇躯、
那忠诚而善良的眼波
蕴含的无穷魅力？
我要迅速离开她，
要振作精神躲开她，
可是我的路，唉！转眼间
又把我领回她身边。

这可爱又任性的姑娘，
她违背我的意愿，
把我牢牢地拴在
那扯不断的细细的魔线上。
我只能按照她的方式，
生活在她的魔圈。
啊！这是多大的变化！
爱情！爱情！放了我吧！

悲 中 喜[①]

莫拭干，莫拭干，
神圣爱情泪！
泪眼半干方能觉
世界死寂且荒寒。
永恒爱情泪，
莫拭干，莫拭干！

致 白 琳 德[②]

你为什么非要把我拉去
那豪华的场所？
我这好青年寂寞的夜晚
何等自在快乐！

悄悄躲进自己的斗室，
卧对卢娜的清辉，

---

①　这首诗作于 1775 年，极简洁地描画出又悲又喜、又痛苦又快乐的双重性感受。1789
年首次在《歌德文集》中发表时，作者对此诗作了较大的改动。这里的译文根据最初
文本译出。

②　白琳德是 Alexander Popes 约于 1712—1714 年间发表的诙谐长篇叙事诗《The Rape
of the Lock》中的女主角。她那迷人的微笑令所有人神魂颠倒，但她却一再躲避她的
情人们。1774 年此诗作的德译本问世。歌德此诗中以白琳德喻指他这个时期的女友
丽莉·勋涅曼。

冷月幽光浮漾在周围——

我自怡然入睡。

金色的时辰，纯洁的欢乐，

时来萦我魂梦！

默默细思你的笑貌音容，

倩影深印心中。

灯火如此明亮，你还非要我

待着陪你打牌？

时常面对几张陌生面孔，

个个俗不可耐！

如今原野上的烂漫春花

已不令我迷恋；

天使啊，你所到之处有爱、有善，

你所到之处便是自然。

湖　　上 ①

清新的营养、新鲜的血液，

我从自由的天地吸取；

大自然多么温柔亲切地

---

① 1775年5月，歌德和斯托尔伯格兄弟（ Brüder Stolberg ）结伴首次前往瑞士旅
行。6月15日，歌德在他的《瑞士行日记》(Tagebuch der Schweizer Reise)里写下
《在苏黎世湖上》(Aufm Zürchersee)，后修改成此诗。

把我拥抱在怀里！

湖波轻漾小舟轻，

涛声桨声伴舟行，

山峰高耸入云天，

欢迎我辈来游览。

眼睛，我的眼睛，你为什么低垂？

金色的梦啊，你们又再光临？①

去吧，美梦！纵令你贵如黄金，

这里也有爱情和生命。

万点繁星

水波上明灭不定②；

柔雾饮尽

四周高山的远影；

晨风轻抚

绿荫下一湾碧水，

将熟的果实，

在湖水中倒映③。

---

① 诗人泛舟湖上，在怡然欣赏苏黎世湖潋滟的湖光山色之际，忽有所忆，脑海中浮现恋人丽莉的倩影，疑是梦影，思欲摆脱。

② 早晨的阳光照耀着起伏不定的柔波，亮光闪烁，犹如万点繁星倒映湖中。

③ 晨风吹拂过湖面，一湾碧水里，映照出湖岸边快要熟了的庄稼。

致 丽 莉
——在一册《史泰拉》^①上的题诗

在清幽的山谷，在积雪的高山，

你的倩影无时不在我身边，

我见她飘游在淡云里，

在我心间。

我感到一颗心吸引另一颗心，

犹如带着无法抑制的欲念——

爱情要逃避爱情，

终归徒然。

挂在脖颈上的金鸡心^②

你是业已消逝的欢乐的纪念品，

我还一直挂在脖颈上，

你比我们两人的心灵纽带更长？

你能延长情爱短促的时光？

---

① 《史泰拉》，歌德的一部爱情悲剧，作于 1775 年秋。在 Manfred Kluge 选编的《歌德最美的诗篇》(Die schönsten Goethe-Gedichte mit 40 Goethe Zeichnungen, Wilhem Heyne Verlag München 1982）里，本诗题为《致丽莉——在清幽的山谷》

② 此诗写于 1775 年 12 月。鸡心是一种鸡心形的饰物。丽莉·勋涅曼曾送他一只她亲自系好带子的金质鸡心，让歌德挂在脖子上。两人解除婚约后的一段时间内，歌德还一直挂着这只金鸡心。

丽莉，我逃离你！还系着你的情丝，
远赴异乡，
穿越多少山谷和森林！
啊！丽莉的心
不会这么快离开我的心！

犹如一只小鸟儿挣断了线绳
飞回树林，
它还拖着一小段线绳，
提醒它曾经被捉过。
它已非旧日生而自由之身，
它曾经属于某个人。

第一个魏玛十年抒情诗（选译）

(1776—1786)

猎人之夜歌 [1]

走在原野上，悄悄而匆忙，
手持火枪侧耳听，
面前翩然鲜亮浮现
你甜美可爱的情影！

此刻或许你正静静地
在田野、幽谷徐行，
唉，你脑海中可曾闪现
我倏忽消失的面影？

斯人漂泊在天涯，
何曾有休憩与安宁？
他在原野亦如在家，
忧虑重重不平静。

只要一想起了你，
仿佛在凝望月亮；
甘美的和平惠临我心，
不知怎么会这样！

---

[1] 这首 1775 年年底或 1776 年年初在魏玛写的优美、平静的恋歌，反映了诗人到魏玛初期对法兰克福银行家的女儿丽莉·勋涅曼依然未能忘情以及他仍然希望丽莉会想念他，但又对此没有把握的心境。

牢 记 在 心 ^①

啊，人应有何求？
宁静自处为宜，
抑或攀附，
或驰驱奔逐？
是否应筑一小屋，
或幕天席地而居？
是否应信赖岩石，
甚至向坚硬的岩石求祈？

人人须明白如何作为，
没有适用一切人的妙法！
要看清自己在哪里，
站着，当心别倒下！

冰上人生之歌 ^②

只管从冰面上走过去，
那里无畏的冒险者之前
没有为你开辟道路，

---

① 作于 1775 年年底或 1776 年年初。
② 本诗作于 1775 年年底或 1776 年年初，也可能更早一两年。像是开始魏玛新生活时
的自励之作。

那里的路要你自己开辟！——

镇静！亲爱的，我的心啊！

即便冰嘎嘎作响，也不会裂开！

冰裂开，你也不会一块儿裂开！

漫游者之夜歌 ①

你从天上降临 ②，

纾解一切烦恼痛苦，

谁备尝人世的艰辛，

你使他感受双倍温馨，

啊！我已倦于奔逐！

苦与乐有何意味？

甘美的平和！

请进入我的心扉！

---

① 本诗作于 1776 年 2 月 12 日，原稿收存在夏洛特·封·施泰因遗物中。"漫游者"是
歌德早在法兰克福时期就已获得的雅号。据德国研究者考证，在歌德的语汇中，"夜"
常表示"暮色四合后的晚上"，因此，这里的"夜歌"不是"子夜歌 / 午夜歌"。

② 句中"你"是对"和平 / 平和"（原文 Frieden，见后文）的称呼语，意指人心中安
宁、平静 / 宁静的心境。《新约全书·约翰福音》第十四章第二十七节："我把平安赐
给你们；我把自己的平安赐给你们。"因此说它是"天上降临"。

不息的爱情 ①

冒雨顶飞雪，

冒寒风凛冽，

峡谷蒸汽重，

穿行雾霭中，

向前行！前行！

不停息，不平静！

我宁愿承受

诸多烦恼痛苦，

胜似忍受如此多

人生之欢乐。

心与心交流

爱悦之情愫，

何以便生出

如许之痛苦！

我当如何——逃离？

往森林逃逸？

一切均属徒然，

---

① 本诗 1776 年 5 月 6 日写于伊尔美瑙。歌德应魏玛公国卡尔·奥古斯特公爵的邀请，
于 1775 年 11 月 7 日抵达魏玛。同月，和时为公爵夫人的宫廷贵妇夏绿蒂·封·施
泰因会面。不久，两人即相互爱悦，长期保持柏拉图式的精神恋爱的亲昵关系。这首
诗是因对施泰因夫人的感情而作的。

生命的冠冕①，
幸福而无宁静，
是你啊——爱情！

航　海②

我的船装载了货物已几天几夜，
只等待顺风，我同忠诚的朋友们
举杯豪饮，耐心等待，在港口
养精蓄锐。

朋友们对我焦躁难耐：
"我们愿你尽快出航，
愿你一路顺水顺风。世界各地
无数财宝等候你，归来时
亲友拥抱你在怀里，奉献给你
爱和赞誉。"

大清早便人声鼎沸，

---

① 《新约·雅各书》第一章第十二节："……通过考验之后，他将领受……生命的冠冕。"
　　《启示录》第二章第十节："你要忠心至死，我就赐予你生命的华冠。"
② 这首诗是歌德在 1776 年 9 月 11 日这一天写的。歌德在诗中回顾他当初决定来魏玛
的心情，以及到魏玛之初面对新环境、新问题的情景，他以航海及海上风暴比喻他遇
到的挑战和从容应对的心态。1776 年 3 月 6 日，歌德在致 Johann Kasper Lavater 的
信中谈他决定前来魏玛时的心情，他写道："我航行在世界的巨浪上——坚定不移地
去发现，去赢取，争斗，失败，或者把我自己炸得粉身碎骨。"这里，他已经以毅然
出海远航搏击风浪的船夫形象自喻。

水手的欢呼声把我们从梦中唤醒；
人们挨挨挤挤，活跃，忙碌，
准备趁初次顺风出海航行。
海风吹拂，鼓起了饱满的船帆，
太阳以火热的爱引诱我们；
帆移行，天上的云飘游，
岸上朋友们欢呼送行，
陶醉在欢乐中高唱希望之歌，
想象海上航行第一天的欢乐
和头几个夜晚仰望星空的情景。

可是，沉闷、灰暗的远方，
风暴预告即将来临，
它迫使海鸟低飞接近水面，
人们昂奋的情绪随即变得低沉。
风暴来了。暴风怒吼，
船夫明智地降下船帆。
狂风和波涛任意抛掷
这惊恐的球。

那边陆地上的亲朋，
在岸上胆战心惊：
"啊！他干嘛非要出海航行！
看那风暴！幸福就这么漂走了！
这好人会遭遇灭顶之灾？

68

哎！莫非他……唉！竟然会①……神灵啊！"

但他站在船舵旁，是个男子汉，

狂风和波涛能戏弄他的船，

它们却无法动摇他的心分毫！

他威严地直视可怖的深渊，

无论着陆或失败，他都信赖

他的群神。

对 月 歌②

静静地你又在丛林幽谷

洒遍朦胧光华，

终于把我的灵魂

再次完全融化：

你温柔的目光曾经

俯望我的周围，

有如友人的青眼，

关注我的命运。

---

① 这是诗人不忍心说出来的话："莫非他竟然会遭遇不测？！神灵啊，保佑他吧！"

② 《对月歌》的确切创作时间难以确定，它可能作于 1776 年上半年，也可能在稍晚些时候，最迟为 1778 年。

这是唱给男人听的，还是唱给女人听的恋歌？诗中的"我"是歌德自己，还是如有的前辈学者所云的"弃妇"？这是一支独唱曲，还是一首对歌？抑或是一首多角色诗歌？这些问题，至今歌德研究者尚无定论。

不可理解和最美是这首诗的两个主要特点。

我的心感受着往昔
每一段悲欢的余音，
在我孤独时分
徘徊于欢乐与痛苦之间。

流吧，流吧，可爱的河流！
我将永无欢愉，

嬉戏亲吻已随波流去，
忠诚亦复如斯。

昔日我确曾拥有
如此珍贵的情谊！
人纵在痛苦之中，
永远不会忘记！

淙鸣吧，河流，不停留、不休憩，
沿山谷而奔流，
淙鸣吧，轻声低吟旋律，
伴随我的歌曲！

倘若你在冬夜
激涨惊涛，
或在阳春胜景
润泽幼蕾。

幸哉斯人！面对世人，

坦然、心无所恨，

拥一友人在胸，

和他一同分享。

那人所未曾知

或未曾细想，

穿过胸中迷宫

徘徊在夜色之中[1]。

法 庭 上[2]

我和谁怀了肚子里的孩子？

我不告诉你们，

你们唾骂：呸，你这婊子！

我可是个正派女人。

我委身于谁我不告诉你们，

我的情人可爱又善良，

无论他脖子上挂金项链，

还是一顶草帽戴头上。

如果要有人受嘲弄讥讽，

---

[1] 最后一个诗节，历来有多种解读，一说是和情人一起享受读诗的乐趣，一说是和情人
一起回忆往日隐秘的欢欣，等等。

[2] 这首诗写于 1776 年。

就让我一人承受，
我了解他，他了解我，
上帝对此也心中有数。

神父先生、法官老爷，
请你们别打扰我，
这是我的孩子，永远是我的孩子，
别的你们都管不着。

你为何赋予我们深邃的眼力 ①

你为何赋予我们深邃的眼力，
让我们含情脉脉地去看
我们爱情的未来，希冀
获得内心从不相信会有的幸福？
命运啊，你为何赋予我们情愫，
彼此看到对方灵魂深处，
从种种罕见的纷繁景象
探视出我们关系的真实情状？

啊，成千上万的人们奔波劳碌近乎麻木，
对自己的心灵几乎毫无所知，
他们无目的地来回飘荡，

---

① 本诗作于 1776 年 4 月 14 日。它抒发歌德同施泰因夫人之间的深厚感情使诗人时时
有既幸福、又痛苦、却又欲罢不能的复杂感受。

在始料不及的痛苦中无望地奔走，

而当瞬息欢欣的晨光

意外降临，他们又欢呼不已。

我们两个彼此相亲相爱的可怜人，

唯有我们无缘享受相互不了解

而相爱的幸福，

在另一个身上看到的永远与自己迥异；

永远兴致勃勃去追求梦幻的幸福，

在迷梦中也步履踉跄不稳定。

一个虚无缥缈的梦就能让他想好久的人是幸福的！

沉湎于无用的预感的人们是幸福的！

可惜我们每一次见面，每一道目光，

都加强了我们的梦幻和预感。

你说，究竟命运要给予我们什么？

你说，它怎么让我们如此纯洁地结合？

啊，在业已消逝的时期，

你若不是我的姊妹，便是我的妻①。

你熟悉［我］性格中的每一特点，

能窥见最纤细的神经的震颤，

我的心思你一瞥便能洞察无遗，

旁人想要了解却困难无比。

_____

① 此处"业已消逝的时期"是"前世、前生"的委婉语。歌德在 1776 年 4 月致
Christoph Martin Wieland 的信中写道："这个女子（指施泰因夫人——译者）对我的
重要性，他对我的控制力，我只能以轮回来解释。——不错，我们［前世］确曾是夫
妻！……"

你给激昂的热血注入节制，

你校准狂暴、错误的行程，

在你那天使般的怀抱里，

破碎的心重获安宁、休憩，

你轻易便系住他，仿佛拥有魔力，

使他在虚幻中度过若干时日。

当她心怀感激躺在你的脚下，

什么至福能同那些狂喜的时辰相比？

感到自己和你心心相连，我充满喜悦，

感到自己在你的眼里善良妩媚，

我的感官全部豁然、通畅、爽朗，

沸腾的热血归于平静，不再激昂。

这种种之外还有一个记忆

浮荡在我这颗不安定的心中，

总感觉心里有古老的真理，

而新的状态也使我感到苦痛。

我们觉得自己昏昏沉沉、了无生气，

晴美的白昼周遭似乎也昏昧朦胧。

所幸命运虽折磨我们，

它终究没能改变我们。

希　望①

当日工作当日完，心胸充溢幸福感，

_____

① 这首诗写于 1776 年 11 月，距歌德来到魏玛正好一年。此诗初稿无标题，后修改成
现在这个版本。

疲乏虚弱应避免。

岂是虚空之梦幻？莫道树株是些杆 ①，

他日果硕枝叶繁。

奥泽尔的格勒特巨型纪念像 ②

亲爱的格勒特去世之时，

许多人的心在悄悄哀哭，

也有不少平淡、蹩脚的诗 ③

表达出真诚的痛苦；

拙劣的哀悼诗的每位作者在墓旁

---

① 以树喻人，喻人之成就，在西方文学中颇具新意。"杆"这个意象源于歌德自己的观察和他的一次植树经历。1776 年 11 月，歌德在伊尔姆河畔——他的寓所花园里种植了几株菩提树。翌年 11 月 8 日，他在致夏绿蒂·封·施泰因的信里写道："后来我发现命运把我种植在这里，待我如同修剪菩提树一模一样。人把菩提树的树冠和所有美丽的枝杈全部剪除，使之获得新的活力，不然的话，它们就会从上端开始死掉。当然，头几年它们就像棍棒那样插在那里。再见。"一个人离开熟悉的环境，来到一个陌生的地方，人地生疏，原有的一切，除了自己，都已不复存在，他感到自己就像那株菩提树，被修剪得只剩下光秃秃的一根杆。或许这就是这首小诗采用"杆"这个意象所要传达的意涵吧。

② 亚当·弗里德里希·奥泽尔（Adam Friedrich Oeser, 1717—1799），莱比锡绘画与建筑科学院院长，早在 1765 年歌德在莱比锡大学上学时便已和他相识。"他的课程使我终生受益匪浅。他教导我：美的理想境界是单纯和宁静。"（见歌德 1770 年 2 月 20日致 Philipp Erasmus Reich 信）奥泽尔于 1775 年至魏玛，不久，任公爵夫人 Anna Amalias 的艺术顾问。

　　克·费·格勒特（Christian Fürchtegott Gellert），歌德在莱比锡求学时期的老师，于 1769 年 12 月 13 日去世。

　　本诗作于 1777 年 10 月 22 日。同年 10 月 24 日，歌德将印在丝绸上的此诗连同奥泽尔设计的建于莱比锡的格勒特塑像模型献给公爵夫人安娜·阿玛丽亚作为她的生日礼物。

③ 格勒特逝世导致数量甚多的哀悼诗歌产生，质量参差不齐，今尚存五十多首单独印刷的诗歌和几本悼念诗歌选集。

都向荣誉王冠敬献一朵小花，
心安理得地添加一点点
给这位高贵的逝者的犒赏。
此时奥泽尔站在人群旁边，
忆念死者生前的容颜，
构思一幅将永远存在的图画，
寄托对高贵的逝者的怀念；
他收集所有结结巴巴说出的赞誉，
以灵动的才智融汇进大理石里[①]，
一如我们收集亲人的骨殖，
存放在一个狭小的瓮里。
这是多么寒伧的模拟像！
但你的美好意向已如愿以偿，
昔日那里是爱和悲伤的征象，
今天已成为爱和喜悦的符号。

提　　醒[②]

你为何执意要去远方？
瞧，美好的事物就在近旁！
要学习不让幸福失之交臂，
因为幸福总在这一方土地！

---

① 奥泽尔设计的格勒特纪念塑像于 1774 年在莱比锡建成，大理石是其主要石材。
② 这首短诗作于 1777 年。

葛 丽 馨 [①]

我的心头烦闷，
总是坐立不宁 [②]；
我的这颗心啊，
永远不再平静。

哪儿见不到他，
哪儿就是坟茔，
偌大一个世界，
事事让人扫兴。

可怜我的头啊，
快要疯癫错乱，
可怜我的心儿，
已经快要碎了。

我的心头烦闷，
总是坐立不宁；
我的这颗心啊，

---

① 这首恋歌描绘初恋少女的情思，语言明白洗炼，感情热烈真挚，是歌德抒情诗中广为
传诵的名篇。

② "我的心头烦闷／总是坐立不宁……"这么简单平常的语言，就像日常朋友间的交谈，
诵读之际，令人立即感受到女主人公真挚深沉的情感。第一诗节是本诗的主题诗节，在
诗中反复出现，既深化了主题，又增强了艺术感染力。浅显明白的语句和主题诗句的反
复吟咏，使本诗具有民歌风格的特征。舒伯特等多位著名音乐家曾为本诗谱曲。

永远不再平静。

只为看他一眼，
我才倚窗眺望，
只为寻访心上人，
我才走出家门。

他的步履豪迈，
他的身材伟岸，
嘴角微笑动人，
眼中神采焕然，

他的谈吐有如
魔河滔滔奔流，
他的握手温存，
啊，最难忘他的吻！

我的心头烦闷，
总是坐立不宁；
我的这颗心啊，
永远不再平静。

我的心儿匆匆
追寻他的踪影，
啊，我愿能拥抱他，
贴紧我这颗心，

依照我的心意，

和他不停亲吻，

在他的亲吻里，

我死了也甘心！

复活节郊游 ①

激发生机的春天的温婉目光

使江河溪流自冰封中解放，

希望的幸福染绿了山谷；

衰老的冬天体虚乏力，

只得退缩到荒山里。

它一边逃遁一边无力地

从那里扬洒冰雹、细雨，

呈带状遮蔽原野的葱绿；

然而太阳岂能容忍白色的东西？

到处是形成与奋发的活力，

她要用彩色令万物充满生气；

---

① 这是《浮士德》悲剧第一部第二场《城门口》中浮士德的一段道白，它是德国咏春
诗中广为传诵的名篇，曾被冠以《复活节郊游》的诗题收入《四季诗抄》（ DANK DEN
JAHRESZEITEN, Verlag der Nation. Berlin 1957 ）等诗集。

　　音韵美、语言美是此诗的魅力所在；明媚人自然春光和踏青人心中的阳光两相辉
映，是另一引人注目的美点。诗中描绘了一幅春意盎然的踏青图。时当初春，冰雪初
融。诗中时序的更迭被赋予新旧事物斗争、更替的涵义。与生机蓬勃、万象更新的、
跃动的初春相适应，诗人不采用整齐划一的音步、韵律，意在避免给人以过于均衡、
稳定与沉静之感，由此我们可以体察作者追求内容与形式协调的苦心与匠心。这是一
幅色彩丰富，充满活力的春日踏青图，一支生命的赞歌。读这首诗，仿佛听见纯朴快
乐的人们的笑语欢声。

可是本地区没有花卉，
于是让盛装的人儿来代替。
请转过身子，从此处高地
举目向城市那边眺望。
乱哄哄一群红男绿女，
奔涌出洞开的阴暗城门。
今天谁都想晒晒太阳。
他们庆祝基督的复活，
因为自己也获得了新生，
他们走出低矮发霉的陋室，
从山墙和屋顶的压迫下
摆脱手工业行会的枷锁，
从摩肩接踵的狭窄街巷，
从黑夜似的森严的教堂走出来，
一齐见到了明媚的阳光。
看啊！人群多么轻快地
星散在田野和花园，
多少南来北往的快活轻舟
在一江春水上摇荡。
最后那一条小船
超载到快沉没了才离岸。
即便遥远的山间小径，
也闪烁着色彩艳丽的衣裳。
我已听见村庄的喧闹声，
这里是民众真正的天堂，
男女老少心满意足地欢呼：
在这里我是人，在这里我可以这样。

渔　夫 ①

流水声潺潺河水涨，
有个渔夫坐岸上，
他静静盯着钓竿看，
凉意上升抵心房。
他坐在岸上凝神听，
水波高高分两旁，
波翻浪滚的涛声里，
涌出个水淋淋的女郎。

她对他唱，她对他讲：
为何用人的聪明机巧，
引诱我的众儿郎
上岸送死受煎熬？
啊！你可知道小鱼儿
水底生活多欢畅？

倘若你到水里来，
必定浑身都舒畅！

亲爱的太阳和月亮，
在海里不是更健康？
她们不是因吞吐波浪
容颜才变得倍加漂亮？
润泽深邃的天宇，澄莹的蔚蓝，
对你就没有吸引力？
你自己的面影不引诱你
到这永恒的清露 ① 里？

流水声潺潺水波涨，
水波漫过他赤裸的脚；
渔夫不禁心旌摇漾，
犹如遇情人向他问好。
她对他说，她向他唱，
此时渔夫性命已难保：
半被她拉，半自己往下掉，
他的人影再也见不到。

---

① 据希腊神话，美少年那耳喀索斯，因爱上自己在水中的倒影，憔悴而死，死后化为水
仙花。永恒的清露，指永不干涸的河。

水上精灵之歌①

人的灵魂
像是水，
它从天上来，
升到天上去，
又必须
再降落到大地，
循环往复，永不止息。

若是莹洁的水柱
自高高的陡峭岩壁
奔腾而下，
它就如云浪飞溅，
妩媚地
洒向光滑的岩石，
轻盈地被接纳，
若隐若现地
向低处
潺潺流去。

若是危岩耸立，
挡住激流去路，

---

① 本诗作于第二次瑞士之行期间，时在 1779 年 10 月 9 日至 10 月 14 日之间。

83

它就愤然水花飞溅，
次第下落，
奔往深渊。

在平坦的河床，
它潜入芳草谷地。
在一平如镜的湖里，
满天繁星
观赏自己的面影。

风是水波
心爱的情郎；
风从水底搅起
白沫翻腾的巨浪。

人的灵魂，
多么像水！
人的命运，
多么像风！

人性的界限 [1]

当泰初的圣父
稳重的手

---

[1]　本诗作于 1779 年至 1781 年之间，很可能是在 1780 年年中完成的。

从翻滚的云间
向大地播撒
祝福的闪电，
我亲吻他的
长袍的下摆，
虔诚的胸中
是童稚的惊恐。

因为任何人
都不应同神
相提并论。
即便他能飞升，
头顶触及星星，
他也无所依托，
脚跟不稳，
还会受云和风
戏弄。

即使他以坚硬的
多骨髓的骨骼
站立在坚实、
不朽的大地；
甚至连橡树
或葡萄树，
他也无法
与之相比。

神和人

有何区别？

神是永恒的大河，

许多波浪

从它面前流过：

波浪举起我们，

波浪吞没我们，

于是我们下沉。

我们的人生

局限于一个小圈，

人们世世代代

一直排列在

他们生存之

无尽的链条上。

漫游者之夜歌 (之二) ①

所有的山峰上空

---

① 1780年秋天，歌德畅游伊尔美瑙，登齐克尔汉山，宿于山上猎人木屋。1780年9月
6日夜晚，万籁俱寂。山林出奇的宁静、安谧触发了诗人的灵感，于是，他随手拿起
一枝铅笔，在那座猎人三层小楼的顶层一间小房间的木板壁上写下这首题为《漫游者
之夜歌》的千古绝唱。

1831年8月27日，八十二岁的老诗人带着孙子和仆人最后一次登上齐克尔汉
山，重温五十一年前创作这首短诗的辉煌瞬间。

齐克尔汉山上的猎人木屋1870年被焚，后于1874年重建，歌德用铅笔写的诗
依原样复制在木板壁上。舒伯特、李斯特等著名作曲家曾为此诗谱曲，据称这首小诗
被谱曲达二百余次之多。

是宁静，

所有的树梢之中

几乎觉不出

一丝风影；

林中小鸟儿静默无声。

且稍等，一会儿

你也就安静。

夜　　思 [1]

我同情你们，不幸的星辰，

你们那么美丽，灿烂夺目，

乐于照耀受苦受难的船夫，

神和人都没有酬劳你们：

因为你们不会爱，从来不懂得爱！

永恒的时辰不停地引领

你们的行列穿越辽阔的天庭。

你们已完成多么漫长的旅程！

自从我停留在情人的怀抱，

我便忘却了午夜，也忘却了你们。

---

[1]　这首诗是写给夏绿蒂·封·施泰因的。1781 年 9 月 20 日，歌德致信施泰因夫人："函
　　中所附诗是给你的。你若愿意，我就交给梯福特报，说这是根据希腊诗歌改写的。"

致 丽 达 ①

你有权要求，丽达，
那唯一能让你爱的男子完全属于你；
他也只能属于你。
因为，自从我离开你②，
便感到匆匆人生之喧嚣活动，
只如一片面纱，透过它
我常似在淡云薄雾中瞥见你的情影：
它友善而忠实地，在我眼前闪亮，
有如永恒的星辰
穿透北极光闪动的光线放射光芒。

魔 王 ③

是谁深夜里冒寒风奔驰？
那是父亲和他的儿子；
父亲稳稳地抱着男孩，

----

① 本诗 1781 年作于哥达（Gotha）。丽达不是某位女性的真名。歌德在有的诗中把他的
情人、心仪的女性称作"丽达"，在有的诗中则以 Psyche（意为"心灵情人"）代之。
② 1781 年 10 月 2 日至 12 日，歌德在哥达逗留，遇弗里德里希·梅尔奇欧尔·封·格
林侯爵（Friedrich Melchior von Grimm）。1781 年 10 月 9 日，歌德给施泰因夫人的
信中云："格林今夜离开这里，我因多种缘故仍在此稍事逗留……"据此，"我离开
你"当在 10 月 9 日或之后。
③ 本诗 1782 年上半年作于魏玛。

把他暖暖和和地抱在怀里。

"儿啊，你怎么不敢抬头，这么害怕？"——
"父亲，那个魔王你没看见吗？
那魔王头戴王冠身穿袍服。"——
"儿啊，那不过是一团浓雾。"——

"可爱的孩子，来吧，跟随我去！
我和你玩特好玩的游戏；
好多烂漫的鲜花在海滨；
我母亲有好些金色的衣裙。"——

"父亲，父亲，你难道没听见
魔王低声向我许下诺言？"——
"安静，我的孩子，保持安静：
那是风吹枯叶的沙沙声。"——

"可爱的孩子，愿不愿意随我去？
我的女儿们热情地等候你；
我的女儿们领头在夜里
唱歌，跳舞，摇晃你让你入睡。"——

"父亲，父亲，你难道看不见
魔王的女儿们就在那阴暗处？"——
"儿啊，儿啊，我看得清清楚楚：
灰色的一片是年深月久的柳树。"——

"我爱你，你美丽的身姿令我着迷，
你若不情愿，我就使用暴力！"——
"父亲呀，父亲，我已被魔王抓住，
魔王弄得我全身无比痛苦！"

父亲毛骨悚然，策马疾驰，
不断呻吟的孩子抱在怀里，
他好不容易赶到自家院子，
怀里的孩子已经停止呼吸。

神　　性 [1]

人要高尚，
乐于助人而善良！
因为唯有这
是人同一切
我们所知的
生物的区别。

愿我们能感觉到
而不确知的神明
千秋长在！
他的风范教导我们
信仰他们。

---

[1] 这首诗作于 1783 年。

因为大自然
无感知能力：
太阳照耀恶人，
也照耀好人，
月亮和星辰
为罪犯，也为
佼佼者照明。
狂风和激流，
冰雹和雷霆，
一路呼啸而来，
沿途匆匆地
一个接一个，
袭击万物。

幸运① 也如此，
她触摸人群，
时而抓住
纯洁的卷发少年，
时而抓住
罪人光秃的头顶。

我们所有人
都必须依照
伟大的铁律

---

① 指罗马神话中的幸运女神福图娜（Fortuna），她是盲女。

完成我们

人生的圆圈。

唯有人能完成

不可能的事情：

他选择，区分，

并进行校准；

他能使瞬间

千载长存。

唯有他有权

惩恶奖善；

他医治、拯救

一切迷误、彷徨之人，

使之联合而有益于世。

我们崇仰

不朽的神明，

仿佛他们是

干大事业的人，

而优秀的人在做

或想做的都是小事情。

高尚的人

要乐于助人而善良！

他应不倦地做

有益的、公正的事情，

愿那被感知的神明
成为我们的榜样！

歌　者^①

"城门外是什么声音？
大桥上是谁在歌唱？
让歌声在我们耳旁，
在这大厅里回荡！"
国王说罢，侍童飞快跑，
男童返回，国王大声道：
"把那个老人带进来！"

"问候列位尊贵的老爷，
问候美丽的夫人、小姐！
天堂多富丽，群星璀璨！
它们叫什么，谁能知端详？
大厅里一派金碧辉煌，
闭上吧，眼睛，没有时间
让你惊诧、让你欣赏。"

老人闭上眼睛，
手弹竖琴放声唱，

---

① 这首歌谣曲作于 1783 年 11 月 17 日，为《威廉·麦斯特的学习时代》第二卷第十一
章的插曲，由约翰·弗里德里希·赖查特谱曲。

骑士们观看，心生豪情，
众美人俯首侧耳静听。
国王喜欢这支歌，
命人取一条金链，
犒赏歌人的表演。

"不要赏赐我金链，
把它赏给众骑士；
和骁勇骑士打个照面，
敌人的长矛立马折断。
把它赏给你的宰相，
让他在诸多重任之上，
再加上这条金链。

"小鸟儿在枝头鸣啭，
我像小鸟一样歌唱。
我放声高唱的歌曲，
就是给我的重赏。
我斗胆提出个请求：
让我用这纯净的酒杯，
品尝这上好的美酒。"

他举起酒杯一饮而尽。
"多么甘美的玉液琼浆！
哦，王室幸福无疆！如此佳酿，
竟然只是小小的奖赏！
列位有生之年请想着我，

并热诚感谢上帝，一如我

为这杯美酒感谢诸位。"

琴　师①

谁不曾和泪吃过面包？

谁不曾深夜满怀忧虑？

坐在自己的床上哭泣，

就不知道你们苍天的威力！

你们引导我们进入人生，

让可怜人犯下罪行，

尔后让他备受痛苦折磨：

因为一切罪孽都在现世报应。

迷　娘②

不要叫我开口，让我缄默不语，

我的义务是严守秘密；

我内心的一切都想向你袒露，

---

① 这首诗作于 1783 年，是歌德长篇小说《威廉·迈斯特的学习时代》里弹竖琴老人唱
的一支歌。造化弄人，使他在不知情的状态下犯下难以启齿的罪孽，终于只好远走天
涯，在余生咀嚼悔恨，承受良知无情的拷问和谴责。
　　约翰·弗里德里希·赖查特（Johann Friedrich Reichardt）曾为此诗谱曲。
② 《迷娘》是长篇小说《威廉·迈斯特的学习时代》中的主人公迷娘唱的歌，本诗作于
1782 年，由约翰·弗里德里希·赖查特谱曲。

无奈命运之神不容许。

太阳的运行及时赶走黑夜，

黑夜也必定会再现光明，

坚硬的岩石敞开它的胸怀，

它不妒忌大地在深层蕴藏源泉。

人人都在友人怀里寻找安宁，

在那里倾诉心中的哀怨；

只是有誓言迫使我紧闭双唇，

唯有神能令我畅所欲言。

迷　娘 (之二) ①

你可知道柠檬树开花的地方？

浓密树荫里，金橙闪耀光芒，

自蓝天吹来一缕清爽和风，

桃金娘娴静，月桂树高高挺立，

你可熟悉那地方？

去那里！去那里！

啊，我的情人，我要同你前往！

---

① 本诗作于 1783 年末，历来被认为是歌德最美、最优秀的抒情诗。这首诗匀称的结构
美——或曰：结构上的匀称美——十分引人瞩目。全诗每一诗节的起句都是"你可知
道……？"各诗节最后三行为叠句，犹如歌曲的副歌（Refrain），叠句在各诗节只有
细微变化。这样的结构形式提供了视觉的匀称美，加强了全诗的整体感。反复吟咏的
叠句，令韵味愈加悠长。这些因素的综合作用极大地突出了本诗优美、完整、格调高
雅的总体印象。这首诗历来被德国修辞学家视为德语修辞学的经典范例。

你可知道那华屋？白石为圆柱，

厅堂灯火辉煌，居室闪耀柔光，

数尊大理石立像朝我凝望：

可怜的孩子，怎地受人欺负？

你可知道那华屋？

去那里！去那里！

我的保护者呀，我要同你前往！

你可知那座山和云深山径？

迷雾中骡子寻路难前行；

洞穴里有蛟龙的后裔潜藏；

危岩欲坠，瀑布[①] 奔泻其上。

你可知道那座山？

去那里！脚下的路

通向那里！啊，父亲，让我们前往！

迷　娘 (之三) [②]

谁识相思苦，

方知我哀伤！

终年无欢愉，

顾影独凄惘。

---

① 原文 die Flut，本义为潮水、洪流等。潮生于海，而山中无潮水，故此处似应指瀑布。
② 1785 年 6 月 20 日，歌德将这首诗寄给夏绿蒂·封·施泰因。

举目向天涯，

他乡徒怅望。

知我爱我者，

斯人在远方。

神迷而目眩，

焦灼摧肝肠。

谁识相思苦，

方知我哀伤！

阿那克里翁之墓 [①]

这里玫瑰花盛开，葡萄蔓缠绕月桂树，

蟋蟀们尽情欢唱，小斑鸠诱人注目，

众神令美丽的生命在此植根，装点墓茔。

这是何人之墓？阿那克里翁在此安息。

幸运的诗人享受春日长夏金秋的繁华，

小山为他挡风雪，护佑他安度冬季。

[①] 本诗作于 1785 年。阿那克里翁（Anakreon，约公元前 570—前 488），古希腊抒情诗人，以写作大量艳情诗之类的抒情诗而闻名。阿氏擅长的六行诗体被后世称为阿那克里翁诗体，对西方文艺复兴和启蒙运动时期的诗歌颇有影响。18 世纪，在欧洲，模仿阿那克里翁的诗风、讴歌爱情和美酒的阿那克里翁诗派风行一时。收入本书的《幸福——致我的姑娘》、《不知道我是不是爱你》、《希望》等诗篇均属阿那克里翁诗体。

写给夏绿蒂·封·施泰因 ①

我们的生命来自何处？

　　来自爱。

我们缘何会感到失落？

　　无爱。

什么能助我们度危难？

　　爱。

我们是否也能找到爱？

　　经由爱。

什么能让人不久久哭泣？

　　爱。

什么能让我们永世结合？

　　爱。

---

① 本诗写于 1786 年。

古典时期抒情诗（选译）

（1787—1805）

科夫塔之歌 ①

诸君且听从我指引，
青春年少，切莫虚度光阴！
要及早学得更聪明。
须知人生幸福的大天平，
它的指针摆动不停。
你若不上升，就要下沉，
不是掌控和成功，
便是失败和顺从。
要么受罪，要么胜利，
不当铁砧，就当铁锤 ②。

探　　望 ③

今天想悄悄看望心上人，
可是她家锁着门。
多亏我口袋里有钥匙！
我轻轻打开恋人家的门！

---

① 此诗作于 1787—1789 年间。1787 年歌德开始创作歌剧《神秘大师》，至 1789 年中断剧本创作，这首诗是为剧中人物科夫塔写的歌。
② 铁砧和铁锤作为象征性譬喻最早见于 16 世纪，原本表示"行动和忍耐"。
③ 本诗 1788 年夏作于魏玛。诗中的心上人指后来成为歌德夫人的克里斯蒂安娜·乌尔皮乌斯（Christiane Vulpius，1765—1816）。

我的心上人没在厅堂，
她房里也没见到姑娘，
末了我轻轻开启她的卧室，
只见她睡着了，躺在床上，
她和衣而卧，极优雅的睡姿。

她在做女红的时候入睡，
柔嫩的双手交叠，
织线衣的针和线衣还在手里，
我在她身边坐下，暗自寻思，
是不是要唤醒她？

我细细观赏她的眼睑，
美妙的安宁停留在上面；
娴静的贞诚是她的嘴唇，

她的双颊多么妩媚可人，
她的胸中跳动着的
一颗纯洁善良的心，
她的四肢安然适意，
犹如抹上了神的香脂。

我欣然坐着，这一番观赏
如同神秘的绳索紧紧束缚住
我唤醒她的欲望。

哦，亲爱的，我心想，微睡——
它让每一个伪装的优点暴露无遗，
它不会损害你，不会显露出
令你的男友不悦的东西？

你那温柔的眼睛如今闭着，
它睁开时足以令我销魂；
你那微动的甜蜜的双唇，
既不为说话，也不为接吻；
你平素拥抱我的双臂放松，
那是多么富有魔力的绳索！
而那只手，它那甜蜜的抚摩
令人心醉，如今它一动不动。
假如我对你的想法真的错了，
假如我对你的爱是自我欺骗，
此刻阿摩尔已来到我的身边，
他没有蒙着眼睛，我必能发现。

很长时间我这么坐在那里，
为她的高贵，为我的爱情而由衷欣喜，
我非常喜爱她这样的睡态，
以至于不敢把她唤醒转来。

轻轻地，我把送她的两只橙子、
两朵玫瑰放在她的小几上，
然后悄悄地、悄悄地蹑足走开。

只要她一睁眼，我的好人，

就会看见这色彩鲜艳的礼品，

她一定会惊讶：门没打开，

这友好的礼物从何而来？

倘若今夜我又和这位天使见面，

啊！她该多高兴啊！她会加倍地

报答我那温柔的爱的奉献。

写给离去的情人 [①]

我真的就这么失去了你？

哦，美人，你已然离我而去，

听惯的耳朵里依然响起

你的音调，你的每一句话语。

犹如清晨漫游者的目光

徒然在高空四处寻觅，

云雀隐藏在蔚蓝的苍穹，

高高地在他的头顶歌唱：

有时我的目光仔细地

搜寻原野、灌木丛和树林；

我的每一支歌都在呼唤你：

哦，归来吧，爱人，回到我这里！

---

① 本诗作于 1788 年。

罗 马 哀 歌 ①

跟我讲讲吧，石头

跟我讲讲吧，石头，啊！说话呀，你巍峨的宫殿！
说句话吧，街衢！罗马守护神啊，你为何纹丝不动？
是的，在你神圣的城墙之内万物生机盎然，
永恒的罗马，唯独一切对我静默不语。

哦，谁人向我低声耳语，在哪扇窗户旁我曾看见
令我销魂蚀骨地欢快的柔情佳人？

---

① "哀歌"这种诗体起源于古希腊，它以六音步和五音步交替出现构成双行诗节为其格
律形式，可以押韵，也可以不押韵。至公元前6世纪，希腊诗人写的哀歌内容已不限
于哀悼逝者，而是扩展到了吟咏战争、爱情等方面。在德国，按照希腊古典哀歌的格
律形式写的诗歌（对内容无严格限制）和表达郁闷、悲伤、哀婉情绪的诗篇（无论是
否遵循古典哀歌的格律形式）均称为 Elegie（德语：哀歌）。歌德的《罗马哀歌》属
前者，《激情三部曲》中的《哀歌》属后者。
　　组诗《罗马哀歌》二十首（如将"编外"的两首也算在内，则为二十二首）于
1788年秋开始创作，至1790年春完成。1795年7月首次发表，刊载于席勒主编的
期刊《季节女神》上。
　　1788年歌德游历意大利归来不久的一天，在魏玛公园遇到当时卖假花的少女克
里斯蒂安娜·乌尔皮乌斯（Christiane Vulpius, 1765—1816）。歌德发现乌尔皮乌斯
不是带刺的玫瑰，她温厚善良、善解人意，非常温馨，正是他所属意的女人。歌德一
见倾心，遂将她接到家里，结为伴侣。后来克里斯蒂安娜成为歌德的夫人。《罗马哀
歌》写诗人观赏灿烂古典文化遗迹的观感，并以此为背景，以浓墨重彩绘声绘色地描
摹、渲染绚丽多彩的罗马生活场景，尽情抒发诗人自与克里斯蒂安娜同居以来性爱觉
醒、"浑身通泰"的欢畅体验。"哦，罗马，你诚然是一个世界；可是如果没有爱，/
世界将不成其为世界，罗马也不成其为罗马。"这两行诗概括了贯穿整个组诗的主导
思想。歌德的爱情诗向来是"言不及性"，《罗马哀歌》是唯一的例外。由于某些诗篇
对性爱的坦率表达，发表之后，颇受物议，而席勒则认为这部组诗属于歌德"最好的
作品之列"（语见1794年9月20日席勒给他的夫人 Charlotte Schiller 的信）。

我会不熟悉那条费去我多少宝贵时间
去她那里又从她那里返回的路？
像一个细心的男子恰当地利用旅行的机缘，
我还参观了教堂和殿宇、废墟和圆柱。
但这很快就过去；于是就只剩下一座神殿——
阿摩耳的神殿，来接待它的奉献者。
哦，罗马，你诚然是一个世界；可是如果没有爱，
世界将不成其为世界，罗马也不成其为罗马。

在古典的土地上……

在古典的土地上我感到兴奋且愉悦，
古人和同时代人的高论令我心醉神迷。
在此我谨遵指点，勤快地翻阅
古人的书卷，每天都有新的乐趣。
可是阿摩尔让我夜夜为别的事情忙碌，
虽只传授我一半，我已倍感幸福。
当我窥见迷人酥胸的轮廓，手沿着
臀部下滑，不是学到点儿了吗？
我这才真正懂了大理石像；我比较，我思索，
用有触感的眼睛看，用能看见的手触摸。
心上人占去我白天几个钟头时间，
夜晚她给我补偿了几个小时。
若不是一直接吻，相互倾心交谈；
她若睡意蒙眬，我躺着便浮想联翩。
我时常在她的怀抱里还做诗，
用手指轻轻点她背脊，默数

六音步诗的音步。她在酣睡中呼吸，
她的气息充满我的内心深处。
此时阿摩尔拨了拨灯火，回想起
他为罗马三诗人 ① 同样效劳的年代。

你告诉我，亲爱的，小时候……

你告诉我，亲爱的，小时候
你不讨人喜欢，母亲也看不上你，
直到长大了点儿，发育了；这话我信，
我乐于把你想象成一个特别的孩子。
葡萄藤上的花儿缺乏诱人的姿影和色彩，
葡萄熟了的时候人和神都非常喜爱。

亚历山大和凯撒……

亚历山大 ② 和凯撒 ③，亨利大帝 ④ 和腓特烈大帝，
如果我让他们在这张卧床欢度一宵，

---

① 原文 Triunvirn，原为专指（古罗马）三巨头政治，三雄执政的名词，至文艺复兴时
期转义指卡图鲁斯（约公元前84—前54）、提布鲁斯（约公元前54—前19）、普洛佩
尔提乌斯（约公元前47—前15）等三位以爱情诗著称且其作品常被选编为一集问世
的古罗马诗人。
② 指亚历山大大帝（公元前356—前323），马其顿国王，先后征服希腊、埃及和波斯并
侵入印度，建立亚历山大帝国。
③ 指尤里乌斯·凯撒（公元前100—前44），罗马统帅、政治家、独裁者，后被共和派
贵族 刺杀。
④ 指法国国王亨利四世（1553—1610），他凭借杰出的军事才能，多年征讨，经济整
顿，使经历百余年宗教战争陷于分崩离析的法国重建和平而免于覆灭。

他们都将乐于让给我一半他们演得的荣誉；
可怜这些一世之雄无法逃避地府阴曹，
因此，生者啊，你该高兴能在温柔乡里流连，
在恐怖的冥河水沾湿你慌忙逃遁的脚之前。

夕　阳 [①]

你看那几间茅舍翠绕绿围，
夕照下映射出几缕余晖。
暮色渐浓金乌隐，又过了一个白昼，
她行色匆匆去投入新的生活。
啊，我若能身添双翼从大地飞腾，
奋力追随她、随着她永远飞行！
我将在永恒的晚霞光中，
俯瞰脚下寂静的世界，
千山尽染红，深谷皆宁静，
银色小溪流入金色江河。
崇山峻岭，沟壑纵横，
挡不住我宛若神仙巡天行；
惊诧的眼前已出现
大海和无数温暖的海湾，
女神 [②] 似行将西沉；
新的冲动 [③] 又苏醒，

---

① 本诗作于 1790 年。
② 德语"太阳"是阴性名词，故此处以"女神"称之。
③ 指追求永恒的美。

我飞奔去畅饮她的永恒之光,

面前是白昼,黑夜在背后,

青天在头顶,脚下是波浪。

可怜春梦一场!太阳已沉没。

啊!肉体的翅膀谈何容易

与精神的翅膀结伴齐飞!

然而当云雀鸣啭在头顶,

清歌缭绕入青冥;

当险峻的松林上方,

任苍鹰展翅翱翔,

白鹤飞越广袤的旷野,

飞渡湖泊返故乡,

此时人的感情随之高飞远飏,

这原是人与生俱来的愿望。

情人近在咫尺 ①

我怀念你,当太阳从海上
耀放光芒;
我怀念你,当月亮的柔辉
在流泉闪亮。

　　我看见你,当远处的道路,

① 这首诗作于 1795 年。原文标题《Nähe des Geliebten》,提示人们:诗里的"我"是
　一位女性。这首诗原文以韵律和谐优美著称,吸引了贝多芬、舒伯特、泽而特等多位
　著名音乐家为它谱曲。

扬起尘土；
当深夜狭窄的独木桥上
有行人声响；

当波涛夹着沉闷的喧嚣激涨，
我听见你的声音。
当万籁俱寂，我常去谛听，
在幽静的森林。

两情依依，纵使你在远方，
也如在我近旁！
夕阳西坠，很快有星星照耀。
啊，你要在这儿多好！

菲丽娜之歌 ①

不要用忧伤的音调
歌唱寂寞的夜，
美人啊，夜晚正好
让良朋佳侣欢会。

女人委身于男人，
作为最美的一半，
人生的一半在夜晚，

① 本诗作于 1795 年 6 月。原为《威廉·迈斯特的学习时代》中的女演员菲丽娜唱的歌。

那是最美的一半。

白昼只让欢乐中断，
你怎么会喜欢它？
他只适于消磨时间，
还有别的用处吗？

可是在夜的时辰，
朦胧甜蜜的灯影里，
相互挨近的口唇
倾吐情话和谐谑语；

连一向粗野急躁、
举止轻狂的少年，
也常为得到点好处，
在游戏场中流连。

夜莺为热恋的情人，
唱一支深情的歌曲，
囚徒和伤心人听了，
如同哀怨一般悲凄。

当午夜的钟声鸣响，
谁不以激动的心情
聆听十二响悠缓的钟声，
它带来平安和宁静！

因此，在那漫长的白昼，
亲爱的朋友，请你记着：
每个白昼都有它的忧愁，
而夜晚却总有它的快乐。

幸运的航行 ①

雾散，

天晴，

风神稍松

风囊绳②。

有风飒然而至。

船夫忙个不停。

快！快！

舟行，浪分，

远方渐行至近旁，

陆地已在望。

---

① 这首小诗据估计写于 1795 年。歌德游历意大利，自西西里岛乘船渡海返回那不勒斯。
这首短诗和下一首八行诗《寂静的海洋》艺术地反映了这次航海经历的感受。歌德亲
自编辑的诗集常把这两首诗放在一起，有时甚至放在同一页，毕竟它们都是同一次航
行的产物。

② 据希腊神话：风神把风装在一只皮囊里面，用绳子扎紧。若把绳子稍松开一点，就有
风吹起来。荷马史诗中称风神为埃厄罗斯（Äolus）。原诗直译意思是：埃厄罗斯松开
令人畏惧的带子。

寂静的海洋 [1]

水中寂寂无声,
大海纹丝不动;
看海面一平如镜,
船夫忧心忡忡。
哪儿都没有一丝风影!
死一般可怕的寂静!
很远很远的地方,
也没有波翻浪涌。

致 心 上 人 [2]

手拉着手, 嘴唇贴着嘴唇!
亲爱的姑娘, 忠诚到永远!
再见! 你的情郎就要远航,

---

[1] 据估计,《寂静的海洋》作于 1795 年, 与《幸运的航行》同为抒写诗人自西西里岛
乘船返回那不勒斯的感受。诗评家称这两首诗为姐妹篇。歌德 1787 年 5 月 27/29 日
致信卡尔·奥古斯特公爵, 谈到他从西西里岛渡海返回那不勒斯的经历, 信中写
道:"卡博里后面的塞壬岩礁给我们留下了难以磨灭的印象, 那情形非常奇特, 经过
那儿的时候, 天空晴朗, 一碧如洗, 大海悄静无声, 可正是这寂静的海洋差点儿使
我们葬身鱼腹。"他这些话可以说是这首诗的恰当的注脚。希腊古代神话中有塞壬
(Sierenen, 希腊语 seirenes, 又译为赛伦、美人鱼等), 乃西海海岛上善歌的少女,
姐妹三人, 常以其曼妙歌声引诱航海者, 断送他们性命。此处海中岩礁因常令船夫感
到迷惑, 致海难频仍, 故世人称之为塞壬岩礁。

[2] 本诗可能作于 1795 年。

他得绕过多少暗礁险滩！
待到暴风雨过后，
他安全返回港湾，
如若离开你独自享受，
定会被神灵严厉惩办。

奋力拼搏你就必定能赢！
我的事业已经完成一半！
星光照耀着我如同太阳；
懦夫才会感觉这是夜间。
我若无所事事与你厮守，
烦闷忧伤会压迫我心坎；
此身纵然远在天涯海角，
我只为你一人奔波操劳。

我发现了一处山谷，
我们可在那里徜徉，
黄昏时分看溪涧
向山下潺潺流淌。
草地上白杨萧萧，
树林里有无数榉树！
啊！林木葱茏掩映处，
还有一座小茅屋。

忆 [1]

葡萄又熟了的时候，
木桶里就会装满酒；
玫瑰又火一般燃烧的时候，
我不知自己会如何。

泪水沿面颊流淌，
我做的，我放下的，
只是一种不确定的渴望，
我只觉胸中火烧似地灼热。

最后我必须告诉自己：
我想过，我明白，
在如此美好的日子里，
朵莉丝曾为我激情满怀。

---

① 本诗可能于 1797 年 5 月 24 日作于耶拿。

掘 宝 者 [1]

囊如洗，心有疾，

漫漫长日度日难，

至高幸福乃富裕，

最大苦恼是贫寒。

为消除痛苦，

前去掘宝物，

你可拥有我灵魂，

我以我血书血书 [2]。

画了一圈又一圈，

点燃起神奇的火焰，

投进骷髅和杂草，

咒语已念完，

照所学方法，

在指明地点，

挖掘古老的珍宝，

黑夜沉沉起风暴。

---

[1] 本诗作于 1797 年 5 月。这一年的 5 月 21 日，歌德在日记里写道："彼特拉克遗言。/很有意思的思想：一个孩子给一个掘宝者送去银光闪闪的一杯酒。"彼特拉克（1304—1374）是意大利著名诗人、学者，欧洲人文主义运动的主要代表。歌德此语很可能是指他看到了此书德译本中的一幅这样的铜版画。两天后，歌德把这首诗寄给席勒，席勒立即于当天复函，对此诗赞誉有加。

[2] 欧洲中世纪迷信观念：用本人鲜血写血书、签字为凭证，出卖灵魂给魔鬼，换取魔鬼帮助他实现愿望的机会。《浮士德》悲剧上部第三场《书斋》对浮士德写血书和魔鬼梅菲斯特订立契约的描述甚详。

远处有亮光一点，
宛如一颗星，
似来自辽远天边，
时辰恰值 12 点，
事前无丝毫迹象，
忽然间明亮异常，
俊美男童持酒杯，
盈盈酒杯放银光。

我见他花冠下
含波美目光闪闪，
沐浴于仙酿灵辉，
男童走进了魔圈，
殷勤地命我饮，
我想此男童
手持璀璨美好之赠品，
绝不是恶煞凶神。

请畅饮这纯洁人生的勇气，
方能理解这劝谕，
不可惶恐不安地
再来此处念咒语。
勿复来掘宝，徒劳无益！
白天工作，晚上会嘉朋，
一周周辛劳，节假日欢欣，
今后当遵此真言而行！

献　诗①

飘游不定的身影，你们又再临近，
先前你们曾为迷惘的目光②现身。
如今我可会设法把握住你们？
莫非我的心对那痴想③依然钟情？
你们蜂拥而来，那就有劳诸位，
走出我周遭缭绕的烟气雾影。
笼罩着你们的魔幻④气息，
使我的心儿感受着青春的颤栗。

往日欢乐的画面与你们同来，
几多可爱的亡灵冉冉升起；
有如半已消逝的古老传说，
心中又升腾起初恋和挚友情谊；
痛苦历历如初，再度悲诉
迂回曲折、充满错误的人生道路，
那些善良的人们耽于良辰美景，

---

① 这首诗写于 1797 年 6 月。作为《献诗》，置于《浮士德》悲剧卷首，实为咏怀之作。歌德早在青年时代便开始构思并着手写作浮士德这个题材，至 1790 年，先后完成《原浮士德》(Urfaust)、《浮士德片段》(Fragment)。后受席勒热情鼓励与诚挚敦促，乃于 1797 年开始写作《浮士德悲剧》第一部，此时他已四十八岁，距最初构思、写作此一题材已二十余年。时移境迁，人世沧桑，抚今追昔，百感丛集，发而为此诗，故诗中流露出感伤、低迷的情绪。

② "迷惘的目光"：也许歌德反观自己二十一二岁构思此剧时，入世未深，阅历尚浅，故有此说？

③ "痴想"：一说借喻艺术想象力的产品，此处指将浮士德写成戏剧的最初构思；一说歌德指自己年轻时欲图完成此一鸿篇巨制为"痴想"，不无自谦之意。

④ "魔幻"或可理解为《浮士德》悲剧中有神灵、女巫与种种超自然力出现的现象。

120

一个个消失得杳无踪影①。

我曾为他们吟咏过开头几章，

他们已听不见下面的歌唱；

良朋星散，欢会难再，

啊，可叹消逝了最初的回响。

如今我的歌②唱给陌生的人群，

他们的喝彩也会令我忧伤，

而以听我的歌为赏心乐事的人们，

如果尚在人世，也必流落四方。

一种久违的渴望攫住我的心，

憧憬那寂静森严的精灵王国，

我喃喃的歌犹如风神的竖琴③，

发出忽高忽低、飘忽不定的声音，

我忽然一阵颤栗，泪如雨落，

严酷的心又变软，变得温和；

我眼下拥有的，看上去非常遥远，

那业已消失的，又真实地再现④。

---

① 此时歌德的几位女友（如凯特馨、弗丽德莉克、丽莉等）与友人（如赫尔德、普罗克施托克等）或天各一方，或已疏远；父亲和妹妹科内莉娅已经亡故，友人中也有已谢世者。

② 这一行里"我的歌"（Mein Lied），在歌德生前相当多版本印的是 Mein Leid（我的苦难／痛苦），歌德认为 Leid 是误植。

③ 风神的竖琴（Äolsharfen），比喻"自然之诗"。

④ 这两句诗说的是作者进入创作状态时的心态。诗人、作家全神贯注于作品的经营之时，每每对身边事物熟视无睹，听而不闻，而往日的经历和虚构的人物、情节却浮现于他们的脑海，栩栩如生。

121

日 出 ①

请举目仰望！——那些山峰中的巨灵，

已在宣告庄严的时辰，

它们得以先沐浴永恒的光明，

而后阳光才照临我们头顶。

此刻新的丽日天光，

也惠及阿尔卑斯山的青葱牧场，

一层层向下次第明亮；——

太阳出来了！——啊，可惜令人目眩，

我转过身去，阳光太耀眼。

人往往怀抱着强烈的希望，

自信地朝平生的最大心愿迈步，

发现成功之门豁然洞开，

可是无数火焰从那永恒的深处

喷薄而出，令我们手足无措；

我们本想点燃生命的火炬，

却被火海包围，烈焰烛天！

是爱？是恨？火焰环绕我们狂燃，

---

① 这首诗里描写的日出的壮丽景色，源于歌德 1797 年在友人陪同下游瑞士四林湖而得来的印象。1827 年 5 月 6 日，歌德在和艾克曼谈话中说：那一年，"我再次（去瑞士）游历了几个小州和四州湖。那里美丽而雄伟的大自然使我再度得到很深的印象，我起了一个念头，要写一篇诗来描绘这些丰富多彩、瞬息万变的自然风景。……"后来歌德没有单独发表有关日出的诗，而把它安排在《浮士德》悲剧第二部第一幕，作为浮士德从身心交瘁，因观日出感悟人生而转向奋发进取的人生态度的契机。

巨大的痛苦和欢乐交替出现，

我们只好又把目光投向大地，

隐身于无比清新的雾帷。

太阳啊，请在我的身后停下脚步！

穿过岩隙奔腾而下的瀑布，

我越看越感觉妙趣无穷。

它从山顶越过一级级山岩，

化为千万道激流奔涌，

水珠飞溅，一阵阵射上天空。

飞流激荡，飞流之上又拱起

变幻不息、无比壮丽的彩虹，

时而清晰，时而流散于空中，

在四周化为清凉而芬芳的水雾。

这正反映出人类的奋进。

细细思量，你会有更深的领悟：

我们在彩色缤纷的反光中感悟人生。

泪光中的慰藉 ①

你这么悲伤是什么缘故？

这里人人都快乐，

从你的眼睛看得出，

方才你一定哭过。

---

① 　这首对歌作于 1800 年后。

我确实悄悄地哭泣，
为我自己的苦痛，
泪水流得那么甜蜜，
我心里觉得轻松。

愉快的朋友们邀请你，
啊！来和大家欢聚！
即便你失去了什么，
就当它是个损失。

你们欢畅喧闹，想不到
我这苦命人受什么折磨。
啊，不！尽管我觉得欠缺，
什么也不曾失落。

那就快振作起来啊，
你正当青春年少。
你这样的年纪富有精力，
也有进取的勇气。

啊，不！我实在无法去争取，
它太遥远，我难企及。
它像天边那一颗星，
那么高，闪烁得那么美丽。

人们不奢望获取星辰，

它的光辉令人欣喜 ①，
他们欣然仰望星空，
在每一个清朗的夜里。

我在一些可爱的日子里，
仰望穹苍而陶醉，
让我哭泣着度过夜晚，
只要我还能哭泣。

---

① 此诗发表后，这两行诗句遂成为德语中的谚语。他的本意是说：人们可以欣赏美好的
事物，为能见识到它们［她们］而欣喜，但并不想占有它。此意应与怀念施泰因夫人
无关。

夜　歌①

从你柔软的卧榻，
梦中且分神聆听，
聆听我的琴声，
安睡吧，你尚有何求？

聆听我的琴声，
天上的星辰祝福
永恒的感情；
安睡吧，你尚有何求？

永恒的感情
携我至崇高之境，
远离喧嚣的凡尘；
安睡吧，你尚有何求？

远离喧嚣的凡尘，
你让我离它太远，
令我长久这般冷清；
安睡吧，你尚有何求？

我长久这般冷清，

---

① 本诗作于 1802 年，据说是根据一首意大利民歌改写的。

请梦中侧耳聆听。

啊，躺在柔软的卧榻，

安睡吧，你尚有何求？

牧 童 哀 歌 ①

那儿的那座山上，

我伫立成百上千遍，

倚着手中的牧杖，

朝山谷沉沉俯望。

我跟随吃草的羊群，

爱犬为我守望，

我心中一片茫然，

已独自走下了山冈。

美丽的鲜花开遍

偌大一片草原，

我摘取朵朵好花，

---

① 1802 年 7 月 20 日（一说 1802 年 2 月），歌德在耶拿听到一首民歌，其中有"在那边那座山上"等语，纯朴优美的民歌旋律在他心头久久回荡，诗人遂于翌日作此诗赠予歌人。因为是赠给这位民歌手作歌词用的，故而写成有浓郁民歌风格的抒情诗。

黑格尔在《美学》中评论这首诗道："牧人的愁苦怅惘的心情流露于几笔关于纯然外在事物的描写，它是沉默的，发不出声音的，但是他的极端凝聚的深刻的情感，仍然在无言无语之中透出声响来。"

以平静的语调，客观的叙述来展现主人公的内心世界，是这首诗独特的艺术表现手法。

不知赠予谁嘉。

我在那棵树下，
躲避雷雨暴风，
那扇门儿已锁闭，
可叹往事如春梦。

一道彩虹正罩在
那户人家房上；
伊人儿已经离去，
去了很远的地方。

她去了遥远的远方，
或许还远渡重洋。
去吧，羊儿，去吧，
牧童心里悲伤。

恒久寓于变化 ①

愿能留住这早临的天福，
留住一小时也好！

---

① 1803 年歌德在魏玛或耶拿写作这首诗，其起因是：1800 年，有一个名叫约翰·克里
斯蒂安·赖尔（Johann christian Reil）的脑研究家发表题为《关于心理治疗法用于
严重精神错乱的狂想》的著作，文中，他坚信"我们始终是同一个人，因为我们始终
无法摆脱明显的相反的证明的经验。"赖尔把他的著作寄给了歌德。歌德在复函中附
上这首诗寄给他。

和煦的西风却已

摇落繁花之雨。

我当为绿树欣喜？

因了它才有浓荫匝地；

秋日里它临风摇曳，

不久暴风将扫落黄叶。

你若想采摘果实，

就快取走你那一份吧！

这些已开始成熟，

另一些也已发芽；

每下过一场豪雨，

都改变山谷婉丽的姿容，

啊！你不可能第二次

在同一条河流游泳①。

就说你自己吧！你看见

在你眼前的宫殿、城墙

巍然耸起，坚硬如山岩，

你看见的每次都不一样。

那曾在蜜吻中痊愈的香唇，

那可与羚羊比矫健，

危岩上纵跃自如的脚，

---

① 古希腊人赫拉克利特（Heraklit）的名言："人不能第二次走进同一条河流。（Man kann nicht zweimal in denselben Fluß steigen.）"（Fragments 91 ）歌德这句诗可视为赫氏名言的变体。

129

已全消失不复见。

那只欣欣然摆动、
温柔致意的手臂，
那婀娜多姿的肢体，
一切已今非昔比。
那地方以你的名字
命名的一些东西，
来如波涛倏忽，
转瞬归于尘土。

让开端与终结
二者合而为一！
你自己比那些东西
会更迅速地消逝！
感谢缪斯恩惠，
使心胸中的内容
和你心灵中的形式
永在而不朽。

十 四 行 体 ①

练习更新的艺术形式，

---

① 这首大约作于 1805 年的十四行体诗反映了歌德最初对其犹豫的、似乎有所保留的态度。很快，他就转而钟爱这种对形式要求极其严格的诗体，于 1807—1808 年间写了十七首十四行诗，以《十四行体组诗》为总题发表。

是我们强加于你的义务。
你也可以像我们这样，
依照规定的方式向前移步。

正因为有限制才显得可爱，
倘若才智之士激情澎湃，
无论他们如何表现，
作品终究完美地保存下来。

因此我本人也想用艺术的十四行诗，
大胆、自豪而语言灵活地
用韵文述说我最美好的情感。

在这里，我不知如何能安顿得舒适，
往常我总乐于雕刻整块木头，
现在有时候也只好粘连。

自然与艺术 ①

自然和艺术似乎在互相回避，
可转瞬间它们又携手同行；
我心中的反感也已杳无踪影，
二者对我似乎有同等吸引力。

唯一必须做的，是诚实的努力！
倘若我们能在确定的时间
孜孜不倦、全神贯注于艺术，
自由的自然又会在我们心中炽燃。

世间一切文化无不如此：
不羁的才智之士枉自
追求达致崇高完美的境地。

谁要有大作为，必须全力以赴；
在限制中方能显出大师，
只有规律能赋予我们自由。①

---

① "在限制中方能显出大师，只有规律能赋予我们自由"，是广泛传诵的名句，指出艺术家必须尊重、遵循艺术创作规律和各种艺术形式要求的具体规则，只有在多种因素的严格制约下还能创作出艺术精品的人，才算有真本事，才不愧大师的称号。

从十四行诗到《西东歌集》(选译)

(1806—1819)

十四行体组诗 ①

余心怀爱兮欲礼赞爱，
诸形态之爱兮天上来。

亲 切 邂 逅 ②

全身连下颚都裹在宽大的大衣里，
我走在粗糙、灰暗的石径上，
走向冬日荒寒的牧草场，
心神不定，想逃到近处某地。

---

① 《十四行体组诗》(十七首)的创作始于 1806 年，至 1808 年(一说 1810 年)完成，
1815 年首次公开发表。十四行体(das Sonett)起源于意大利。14 世纪意大利大诗
人彼特拉克(Francesco Petrarca, 1304—1374)的抒情《歌集》(Canzionere)使
十四行体这一意大利诗歌形式迅速传遍欧洲，后来又经过莎士比亚等欧洲重要诗人的
艺术实践，十四行诗遂逐渐成为近代西方诗坛中的一种重要诗体。19 世纪初，由于
勃伦塔诺等浪漫派诗人的努力倡导，一股十四行体热遂在德意志诗坛悄悄然兴起。1807
年 11 月 11 日至 12 月 18 日，即歌德逗留耶拿期间，浪漫派诗人维尔纳(Zacharias
Werner)来到耶拿。维尔纳是出版商弗洛曼(Karl Friedrich Ernst Frommann)年方
十八的养女敏娜·赫茨丽布(Minna Herzlieb)的热情崇拜者，常在弗洛曼家中朗诵
热情讴歌这位少女的十四行体。歌德一段时间内也对敏娜产生倾慕之情。于是歌德倾
注了极大的热情和精力创作十四行体诗歌，并在弗洛曼家中朗诵自己对敏娜表示好感
的新诗。歌德就是在这样的氛围、这样的心情中开始了他后来发表的著名的《十四
行体组诗》(十七首)的创作。歌德的《十四行体组诗》里只有一小部分是因敏娜而
写的；在另一部分里，有浪漫派诗人勃伦塔诺的妹妹贝蒂娜·勃伦塔诺(Bettina
Brentano)的声音和身影。同另一位女子的交往也拨动了歌德诗心的琴弦，激发他的
灵感去写作《十四行体组诗》里的另外数首优美动人的诗篇。

② 本诗 1807 年 12 月作于耶拿。

135

新的白昼一下子阳光灿烂，

一位少女走来，恍若天人，

有如诗人作品中的丽人 [①]，

秀美绝伦，纾解了我的思念。

但我却转身闪到一旁，给她让路，

用大衣把自己更紧地裹住，

仿佛只为使自己暖和，别的全不理睬；

但仍跟着她！她站住。好梦成真！

我不能继续严严实实地裹紧全身，

我扔掉大衣：她扑进我怀里来！

简 洁 明 了 [②]

我就该处处随顺她的心意？

这只会招来烦恼和麻烦，

因此今天我就要试试看，

同那娇惯的美人拉开距离。

可是，遇到大事竟然不和你商议，

我的心儿啊，如何才能化解你的不满？

好吧！来吧！且把你我的怨言

---

① 暗指意大利大诗人彼得拉克在抒情《歌集》中反复吟咏的恋人美少女劳拉。

② 此诗 1807 年 12 月作于耶拿。1808 年 6 月 22 日，歌德致信泽尔特（Zelter）附此
诗，当时题为《使习惯于……》。

融注进又悲又喜的优美诗句。

你看，成了！遵从诗人的示意，
七弦琴娴熟地奏出优美旋律^①，
亲切地奉献上爱的祭品。

出乎你意料，看吧！此曲已完成；
现在怎么办？——我想我们赶紧
前去，亲自把这支歌唱给她听。

少女如是说^②

你严肃地看着，情郎！我想把你和
你这里的大理石像^③相比拟，
你像这石像，我感觉不到一点生气；
同你相比，石像对我还显得温和。

敌人在他的盾牌后面躲藏，
朋友应向我们伸来额头。
我寻找你，你却设法避开我；

---

① 此句譬喻诗人炉火纯青的诗艺。

② 本诗 1807 年 12 月 6 日作于耶拿。

③ 这尊石像是歌德的塑像。诗中少女的情郎就是歌德。1787 年亚历山大·特里帕尔在
罗马雕塑一尊青年歌德的半身塑像，1790 年魏玛公国大公爵夫人安娜·阿玛丽娅命
人以此为模型用大理石塑一尊歌德胸像置于魏玛图书馆中。浪漫派诗人勃伦塔诺的妹
妹贝蒂娜·勃伦塔诺 1807 年 11 月 4 日第二次拜访歌德时，歌德陪她参观魏玛图书
馆，她亲吻了歌德的胸像。同年 12 月初她致信歌德，其中有这样的话：拥抱我吧，
白色大理石［像］！据此，诗中这位少女应是贝蒂娜。

137

站住吧，站住！就像这尊石像。

要我同二位中的哪位交谈？
莫非我该忍受二者的冷漠？
它是死的，而你是活人。

打住！何必费唇舌多言，
我要久久地亲吻这块石头，
直至你嫉妒，把我从他身边拉走。

成　长①

当你还是个乖小孩②，春天上午
你常跟我跳跃着走向田野和牧场。
"这么一个小女儿，我要像父亲一样
对她温馨呵护，为她构筑幸福。"

当你开始向世界眺望，
操持家务是你的乐趣。
"有这么一个姊妹③，我会感到安全舒适：
我会信赖她，像她信赖我那样！"

---

① 本诗1807年12月13日作于耶拿。
② 乖小孩（kleines artiges Kind）：1807年6月15日贝蒂娜（Bettina）在写给歌德的
信中借用歌德的名义对自己说："我的孩子！我的乖女孩，好女孩！……"诗中"乖
女孩"措辞即源于此。
③ 也是在1807年6月15日的信中，贝蒂娜引用歌德的母亲对她说的话："亲爱的、亲
爱的女儿！往后你就叫我母亲吧！[……]我的儿子是你的挚爱的兄弟和朋友……"

什么都无法限制美好的成长；

热烈的爱情在我心中奔腾。

我能去拥抱她，减轻我心中的苦痛？

如今，啊！我必须把你视为女王[①]：

在我面前，你高高在上面无表情；

你草草一瞥，我就须向你鞠躬。

旅 途 干 粮[②]

假如我从此不看顾盼生辉的明眸，

我的生命将因之减少迷人的亮色。

所谓命运，最不易与人和解，

此乃我所深知，我不由仓皇退后。

此外我不知还有何种幸福，

我随即开始摒弃

这些和那些必需的东西；

我最需要的莫过于她的美目。

美酒醇香浓烈，珍馐享用不绝，

舒适、睡眠及其他赠品与社交，

---

① 把情人升格为"高贵的女性"、"女王"是意大利大诗人彼特拉克的十四行体诗中常见
  的修辞手段，歌德在十四行体诗和《浮士德》中也常采用。
② 本诗作于1807年12月至1808年6月之间。1806年6月歌德致函泽尔特抄附此诗，
  当时题作《断念》。

我统统扔掉，扔得干干净净。

如此我便可从容周游世界：
我所需要的随处都能得到，
随身只带最不可少的——爱情。

离　　别^①

不满足、不满足热吻上千遍，
最后还须以一吻别离，
凄凄离愁别绪满胸臆，
我忍心毅然离河岸。

看见清晰的屋宇、江河、山峦、丘陵，
往日无尽欢欣又在眼前显现，
远远逝去的淡淡的幽暗，
在蓝天留下一幅悦目美景。

终于，当大海圈住了我的目光，
热烈的渴望又回到我的心头，
我懊恼地寻找我所失落的东西。

霎时间仿佛天宇放光芒；
我似乎什么都不曾错过，
往昔享有的一切依然拥有。

---

① 本诗 1807 年 12 月作于耶拿。

情人来信①

你的眼睛注视我眼睛的一瞬，
你在我嘴唇印上的一吻，
谁像我由此获得某种消息，
还有什么比这更令人欣喜？

远离你，和我的亲人疏离，
我思绪如潮起伏不息，
每逢想到那仅有的时辰；
我便止不住嘤嘤哭泣。

不知不觉间泪珠儿又干了；
他确实有情有爱。静下心来，我想：
写封信寄给远人岂不好？

请听这情意缠绵的低语；
我尘世唯一的幸福是你的意愿——
友爱待我的意愿；请给我一个征兆！

---

① 本诗作于 1807 年 12 月至 1808 年 6 月之间。

141

情人又再来信[①]

我为何又一次展纸执笔?
亲爱的,你无须追问得如此执著,
因为其实没有什么话要对你说;
它终于还是送到你可爱的手里。

既然我不能来,多少该写一些,
捎上我这颗无法分割的心,
连同希望、狂喜、折磨和欢欣;
这一切没有开端,也没有终结。

从今后我不会再向你倾诉衷曲,
诉说我忠诚的心儿如何向你翘望,
怀着欲念、愿望、痴想和意愿。

我曾这么站在你面前,凝视着你,
什么也没说。该说什么才恰当?
我的整个品性已经自我完善。

---

① 本诗写于 1807 年十一二月间。"其实没有什么话要对你说……",是浪漫派诗人布伦
塔诺的妹妹贝蒂娜·布伦塔诺 1807 年 11 月底或 12 月初写给歌德的信开头的几句
话。信中,贝蒂娜激情满怀地向歌德表达她的仰慕之情。歌德把他写的两首新作十四
行体装在一蓝色信封里寄赠贝蒂娜。

斯女难断柔情丝 ①

我如若立即寄给你这张白纸，
而没有写上只言片语，
你为消磨时间，或许会将它写满，
再寄给我——至感幸福的女子。

而当蓝色信封映入我的眼帘，
我会一如女人的习气，心中好奇，
火速撕开，于是内容一览无遗；
平素令我陶醉的话语呈现眼前。

亲爱的孩子！我的心肝！我唯一惦念的你！
多么亲切地，你用温柔的语言
慰我相思情，对我如此宠爱。

我甚至自信能读出你的悄声细语，
我的灵魂充满你柔情缱绻的情话，
令我感觉自己会永远焕发光彩。

① 本诗作于 1807 年 12 月。

警 告 ①

当末日来临吹响喇叭，
人世间一切都要完蛋，
我们有义务去申辩，
为我们说过的每句话 ②。

为了极力博取你的好感，
我怀着柔情向你表白的
话语，对你却如东风过耳，
我该拿所有这些话怎么办？

因此，亲爱的，好好想一想，
扪心自问，你犹豫了多长时间？
世上谁能忍受这般磨难？

假如我必须计算并请求原谅
对你说过的所有废话、赘言，
末日就将会变成一整年。

---

① 本诗 1807 年 12 月作于耶拿。
② 据《新约全书·马太福音》第十二章三十六、三十七节："我告诉你们，在审判的日
子，每人说的闲话句句都要供出来。因为，上帝要用你自己的话来宣告你有罪，也要
用你自己的话来宣告你无罪。"本诗据此生发开去，显然含有戏谑成分。

怀疑者与钟爱者 [1]

对 话

怀 疑 者

你们喜爱并写作十四行体！这怪念头真可悲！
要显示心灵之力，竟然需要
押韵合辙，挖空心思寻韵脚；
孩子们，相信吧，意志永远软弱无力。

心灵几乎从不无拘无束地
倾吐自身的丰盈：它乐于储存，
而后有如飙风骤来令所有琴弦齐鸣，
随即又沉入暗夜与静寂。

你们何苦折磨自己和我们，在陡峭的山路
一步一步滚动那讨厌的大石头，
待它掉下去，又再费力把它推上来？[2]

---

[1] 本诗作于 1807 年 12 月。这是一首关于对十四行体诗持不同观点者的对话。正文前的"怀疑者"不是本诗的标题。歌德起初对十四行体诗持怀疑态度，后来又倾注了极大热情和精力创作《十四行体组诗》，这首诗正反映他对十四行体诗的观点。

[2] 据希腊神话，科林斯国王西绪福斯凶狠奸诈，死后在冥府受到惩罚，必须每天清晨将一块极沉重的大石头从平地推上山坡，石头推上山顶后，又自动滚下山来，他又必须重新推石上山，如此循环不息。

钟 爱 者

相反，我们走在正确的道路！
无比猛烈地燃烧吧，爱情之火！
欢快地让最坚硬的东西融化开。

远处的影响 ①

女王站在宫殿上，
多支蜡炬放光焰，
他吩咐侍童："我要玩带彩，
快把我的钱包取来。
它放在桌子边缘，
一眼就能看见。"
男童拔腿快步走，
来到王宫尽头。

女王身边一位绝色佳丽，
此时正啜饮果子酒。
不巧酒杯在他的嘴上碰碎，
这场面真难看。
太尴尬！丢脸！

---

① 本诗 1808 年 6 月作于魏玛。"远处的影响"原本是一个自然科学与科学哲学领域的概
念。19 世纪初，磁力和电对远处的影响成为德国上流社会乐于谈论的有趣话题，歌
德这首诗就是在这样的背景和氛围下产生的。

华丽的衣裳沾上污点！
她急急忙忙快步走，
奔往王宫尽头。

那男孩匆匆往回跑，
迎面遇见美人心烦闷，
无人察觉，但两人都知道：
自己是对方的心上人；
啊，多么幸运！
真是天赐机缘！
两个胸脯立即贴得很紧，
拥抱接吻尽情贪欢。

再难舍难分终须分开，
她匆匆走进自己的卧房；
侍童穿过刀剑和羽扇，
奔向伟大的女王。
女王已发现
他马甲上有污点：
她是一位无所不能的女王，
可媲美示巴女王①。

女王召唤宫廷女管事：
"我们近来确曾争论，

---

① 示巴女王是一位神秘的女王，以其美貌与财富打动所罗门王的心，"凡是她喜爱的，
她要求的，""一切"他都愿给她。

你一直固执地声称，
精神无法到达远方，
只是在当时
会留下痕迹。
谁都不能影响到远方，
连天上的星星也一样。

"看吧！刚才在我身边，
有人洒了一杯果酒，
马上影响到远处那边，
侍童的马甲沾上了污点。——
去换件新马甲！
因为我很高兴，
它为我提供了证明，
我付钱！否则你会挨骂。"

获　　得^①

我在林中漫步，
行为举止随心所欲，
无所求、无所觅
是我的本意。

忽见一朵小花，
伫立树荫里，
美似顾盼明眸，
又如星辰亮丽。

我想折下它来，
花儿柔声细语：
你想摘下我，
只为使我枯萎？

我挖出这朵花儿，

---

① 这首小诗是歌德 1813 年 8 月在魏玛和伊尔梅瑙之间的旅途中写下的。同年 8 月 26
日，歌德从邮站寄赠他的妻子克里斯蒂安娜。当时本诗无标题，只有题词："封·歌
德夫人"。二十五年前（1788 年）的 8 月 26 日，歌德"在无意中极偶然地""获得"
了后来成为他的夫人的克里斯蒂安娜·乌尔皮乌斯。当时，歌德游历意大利归来不
久的一天，在魏玛公园遇到了卖假花的少女克里斯蒂安娜，一见倾心，遂将她接到
家里，结为伴侣。他和克里斯蒂安娜同居十八年，直至俩人的儿子奥古斯特十七岁
才和她正式结婚。《获得》这首诗就是歌德特意为纪念他们两人定情结合二十五周年
而写的。

连同全部根须，
携至美丽的家
旁边的花园里。

重新把它栽在
园中清幽之处，
从此枝繁叶茂，
依然绽放如故。

财　产①

我知道自己一无所有，
除了思想自灵魂
畅通无阻地涌流，
以及上天施惠
让我欣欣然品味的
所有美好的瞬间。

到时候自有办法②

何必遇事立即深究！
雪一化，就都清楚。

---

① 本诗可能是 1813 年后的作品。
② 本诗作于 1814 至 1815 年间。"到时候自有办法"原文 Kommt Zeit, kommt Rat 是德
　语里一流传广远的谚语，意思略似汉语"车到山前必有路"、"船到桥头自然直"等语。

再努力，也是白搭，

是玫瑰，总要开花。

西 东 歌 集 [①]

赫 吉 勒 [②]

北方、西方、南方支离破碎，

皇座已坍塌，帝国在战栗 [③]，

逃逸吧，逃往纯洁的东方，

去见识那宗法族长之邦，

陶醉于美酒、歌咏和爱情，

吉塞 [④] 泉水会让你变得年轻。

[①] 德国东方学者哈默尔（1774—1856）译成德语古的波斯著名抒情诗人哈菲斯（1320前—1389）两卷本抒情诗选于1813—1814年间在德国问世。这位古波斯诗人富于东方异国情调的诗歌引起歌德极大的兴趣。他决定着手写一部诗集，以或虚拟或真实的东方人物、故事表达自己的思想感情。这就是于1819年问世的《西东歌集》（West-oestlicher Divan），全书十二卷。"Divan"一词源出波斯语，意为"歌集"，我国过去译为《西东诗集》、《西东合集》。《西东歌集》包含着歌德晚年诗歌创作的许多新元素、新特点，并反映了歌德对抒情诗创作在构思、技法等等艺术表现手法的多方面探索和追求。在短小的篇幅、简洁的诗句里往往包含着难以想象地丰富的内容，《银杏》、《圆月之夜》、《重逢》等诗篇都反映出这些特点。

[②] 本诗1814年12月24日作于魏玛。赫吉勒（Hegire）在阿拉伯语中意为逃亡、迁徙。

[③] 1812年拿破仑从莫斯科仓皇撤退，1813年在莱比锡会战失败，随后1814—1815年欧洲大陆发生大规模动乱。本诗开头两行诗介绍的就是这一历史背景。正是在此历史背景下，歌德把目光投向东方。

[④] 吉塞（Chiser），传说中的"生命泉的守护人"，据说饮此泉水者可获得第二次青春。最初的版本中此处为青春泉。

151

我要秉承纯洁和正义，
在那里探索人类
内心深处始初的奥秘，
那里的人们还能从神那里领受
用尘世语言宣谕的训示 ①，
无需为理解绞尽脑汁。

那里人们极其崇敬祖宗，
外来人欲效劳均不获认同；
我欣赏为青年立下的规矩：
信仰应宽广，思想宜狭窄，
口头语言是主要交流手段，
因而话语之重要非同一般。

我愿置身于牧人之中，
在绿洲重新焕发生机，
随骆驼商队浪迹四方，
做披肩、麝香和咖啡生意。
我要走遍每一条小路，
从沙漠走向城镇、大都。

坐在高高的骡马背上，
向导乐不可支地歌唱，

---

① 据德国研究者称，"用尘世语言宣谕的训示"指犹太教与伊斯兰教，它们的教义较浅
显易懂，不像基督教那样有那么多不同的诠释，令人颇伤脑筋。

哈菲斯，听他唱你的诗句，
走险峻山路也如履平地，
你的诗歌能唤醒群星，
还能叫盗贼胆战心惊。

在温泉浴场，在酒馆里，
每当恋人掀起面纱，
摆动散发着龙涎香味的卷发，
神圣的哈菲斯，我都会怀念你。
是啊，诗人的悄悄情话，
引得天女也春情勃发。

假如你们嫉妒他的本领，
甚至想破坏他的雅兴，
诸位切记：诗人的语言，
一直在轻叩天国的大门，
飘游在天国大门之前，
恳求让它的生命千秋永存。

自 供 状①

什么难于隐藏？火！

白天起火会冒烟，

夜间大火腾烈焰。

爱要隐瞒也困难，

纵使暗暗怀心间，

双眼极容易迸射出情焰。

最难隐藏是一首诗。

写了诗定然不秘而不宣。

诗人刚吟就一首诗，

诗意激情满胸臆，

如若写得优美畅达，

就想让人人②都喜爱它。

他欣然朗声读给每个人听，

不管我们听得难受还是高兴。

---

① 德语里有一谚语云："爱情和火，痛风，咳嗽和疥癣，/想要隐瞒难上难。"1815年5
月27日，歌德从法兰克福驱车前往威斯巴登。诗人在辚辚马车声中，很可能想到了
这一民谚，遂在旅行马车里写下这首诗。

② 原文 die ganze Welt，直译是 "全世界"，亦指全人类，故此处译为 "人人"。

要　素 ^①

一支真正的歌的营养
应从几种要素摄取，
方能令外行乐于欣赏，
大师也能欣然听取？

我们若扬声歌唱，
爱情应是最重要主题；
爱情若贯穿整首歌曲，
听上去更美妙无比。

还须有碰杯之声，
美酒闪光似红宝玉：
人们挥动最美的花环，
邀请饮者和情侣。

也要有兵器铿锵声，
把喇叭响亮地吹起来；
待到幸福之火成烈焰，
凯旋的英雄备受崇拜。

最后不可或缺的是，
诗人要憎恨某些东西；

---

① 1814 年 7 月 22 日作于魏玛。有歌德研究者指出，这首诗的立意乃至素材系采自波斯
诗人哈菲斯的诗作。歌德把这首诗收入《西东歌集》中的《歌人卷》。

不让难以忍受的、丑恶的东西
如同美好事物存在下去。

如果歌者懂得混合
这四种伟力无穷的物质，
他会如同哈菲斯，
长令民众精神焕发又快乐。

天　象 [1]

当福玻斯同雨
喜结良缘，
天空随即出现长虹，
五彩斑斓。

同样的弧形长带，
也曾升起在雾霭中，
它虽苍白无色彩，
毕竟高悬在苍穹。

所以，健朗的老者呵，
你无须闷闷不乐，
虽说鬓发已斑白，
你依然有情有爱。

_____

[1]　本诗作于 1814 年 7 月 25 日，诗人从魏玛前往埃森那赫途中。

156

抚 今 追 昔 [①]

玫瑰和百合沾满晨露，
盛开在我身旁的花园；
后面，披着丛生的灌木，
岩山舒徐地升上蓝天；
远山层林叠翠郁郁苍苍，
峰顶骑士城堡隐约可见，
山峰连绵呈弧线蜿蜒，
直至和谷地连成一片。

温馨美景依然如同当年，
那时我们还在为爱伤心，
我正拨动诗琴的琴弦，
诗章与晨光交相辉映；
从密林深处传来猎人
圆润、浑厚的歌声 [②]，
激越清新，荡气回肠，
令人身心为之一爽。

森林不断萌发新枝，

---

① 歌德在这首诗里把当前的景观（科隆大教堂）和回忆（斯特拉斯堡的大教堂及其他）
联系起来。1814 年 7 月 28 日，歌德在写给他夫人的信中说，这首诗是当年 7 月 26
日从埃森纳赫启程行抵福尔达，下午 6 时在福尔达邮局写成的。

② 1777 年 9 月，歌德在埃森纳赫和瓦尔特堡逗留期间均曾应邀与卡尔·奥古斯特公爵
一同行猎。

157

诸君亦当以此自励，
与他人一同分享，
平素所享的乐趣。
如此便无人可指责
我辈只顾自己安乐；
于是在人生各个时期，
诸君必可安享欢乐。

这首诗让我们
又想起哈菲斯的诗章[1]，
只因今日的美满
正宜与善享受者共享。

诗歌与塑像 [2]

希腊人爱用陶土
捏成多种形象，
对自己手制的孩子，
越看越喜在心上。

我们却满心喜悦
投身于幼发拉底河[3]，

---

[1] 此处"又想起哈菲斯的诗章"一语应是指这位波斯诗人曾在诗中告诫人们享受生活应适度。

[2] 本诗可能作于1815年3月30日前。此处的"诗歌"指抒情诗，"塑像"指古希腊雕塑艺术。

[3] 幼发拉底河是西亚第一大河，歌德在《西东歌集》中以幼发拉底河指代东方。

在流动的元素①中
来来回回畅游。

我的心火若就此消解，
诗歌必定会鸣响；
诗人纯洁的手捧起水，
水将汇聚成球状。

幸福的渴望②

除了贤哲，不要告诉别人，
大众只会发出嘲笑声，
我要赞美那渴望
在烈火中焚身的生灵。

生于情爱之夜的清爽③，
你也在此情境中生育，
静静的烛火照亮的时候，
陌生之感④袭上你心头。

你不愿继续被困于
阴影重重的幽暗之中，
新的欲望驱使你

---

① "流动的元素"指水。古代希腊人的观念中"水、火、土、风"是构成宇宙的四大元素。
② 本诗 1814 年 7 月 31 日作于威斯巴登。
③ 有德国歌德研究者称，"情爱之夜的清爽"是爱之渴望与性行为结束的委婉语。
④ "陌生之感"指对死亡的预感。

作高级的男女交欢。

千山万水难不倒你，
你翩然飞来如痴如迷，
只为渴望光明，你终于
如飞蛾向火焰扑去。
倘若你不能理解
这"死亡与变化"的真谛，
你在这阴郁的尘世，
无非是一个懵懂过客而已。

示　意[1]

人们对我的责怪并非无理；
文句往往有言外之意，
这道理不言而喻。
文句是折扇！扇骨间
常可见美目顾盼。
扇子只是可爱的面纱，
它虽能遮蔽姑娘芳容，
却难以藏匿她的影踪；
妙人儿的最美之处是星眸——
她的星眸向我送秋波。

---

[1]　本诗 1814 年 12 月 10 日至 12 日作于耶拿。

读　本①

书籍中最奇特的书②
是爱情之书。
我聚精会神地阅读过；
没几页欢乐，
烦恼一厚册；
离别占了一章节。
重逢！短短一章，
断片。数卷苦恼，
加上解释，更长，
没完没了难计量。
哦！尼萨米！——你终于
找到了正确的路；
无法解决之事谁能解？
情人重逢时节。

---

① 本诗 1816 年 1 月 12 日作于魏玛。
② 书籍中最奇特的书：据《旧约全书·创世纪》第二章第二十三节记载，造夏娃时，亚
　当说："这是我骨中的骨，肉中的肉。"这样的语句结构在《圣经》中出现不止一次，
　如"神的神，光的光"等，故后人也有称之为圣经笔法的。世上万书中"最奇特的
　书"是"爱情之书"，是歌德的创造。

哈台姆与苏莱卡

哈台姆：不是机会造成小偷 [①]

不是机会造成小偷，
它就是最大的窃贼，
因为机会已经盗走
我心头剩下的爱。

我心中美好的情感，
它都偷盗来交给你，
如今我一贫如洗，
从此只能指望你。

你的目光有如神奇宝石的光芒，
我已从那里感受你的同情，
我在你的怀抱里，

---

① 1815 年 7 月 28 日，歌德回到故乡法兰克福。他从 9 月 12 日起在他青年时代的朋友——法兰克福银行家、市参议员维勒梅尔〔夫妇〕家作客，逗留至 9 月 18 日。维勒梅尔的年轻妻子玛丽安娜·封·维勒梅尔在音乐和舞蹈方面有很好的艺术修养，并通晓多种语言。显然由于和秀外慧中的玛丽安娜相处的缘故，歌德诗兴勃发，灵感泉涌，在短短的半个月时间里，写出了《不是机会造成小偷》和《当我在幼发拉底河上泛舟》、《我很乐意释这个梦》等十首左右脍炙人口的恋歌。他在妩媚而热情的玛丽安娜身上看到了自己酝酿中的西方女子苏莱卡的形象，把为波斯人哈台姆和苏莱卡这一对异国恋人写的情诗收入《西东歌集》的《苏莱卡卷》。《不是机会造成小偷》就是在 9 月 12 日这一天写成的。这首诗"肯定是为玛丽安娜而写的"，并且是歌德为玛丽安娜写的诗里面最早的一首。

为新的命运欣幸。

苏莱卡：你的爱使我幸福无比 ①

你的爱使我幸福无比，
我并不责骂机会；
纵使他对你行窃，
这种盗窃令我欣悦！

其实又何须盗窃？
委身于我是你的自由选择；
我非常乐意相信——
不错！你是我偷的。

你心甘情愿奉献的，
给你带来丰厚收益，
我的安宁，我丰富的生命 ——
收下吧，我欣然付与你。

不要开玩笑！不要说变贫穷！
爱情不是使我们富有？
当我拥你在怀中，
便享有一切幸福。

---

① 这首诗是玛丽安娜对《不是机会造成小偷》这首借东方人的名义写的恋歌的直接回
应，她在收到歌德的诗三天后（即 9 月 16 日）把这首诗交给歌德。现在人们知道，
《西东歌集·苏莱卡卷》中有多首诗是玛丽安娜作的，其中有两三首歌德作了少数文
字修改，其余几首只字未动，收入他的诗集。

苏莱卡与哈台姆

苏莱卡：当我在幼发拉底河上泛舟

当我在幼发拉底河上泛舟，
金戒指从我手指上脱落，
那戒指你新近刚送给我，
它掉进了深不可测的大河。

于是我梦见曙光
穿过树林在我眼前闪耀，
告诉我，诗人；告诉我，先知！
这个梦是什么意思？

哈台姆：我很乐意解这个梦

我很乐意解这个梦！
我不是多次跟你讲过，
威尼斯公国的多戈 ①，
如何同大海结合。

于是戒指从你的手指脱落，
掉进了幼发拉底河。

---

① 多戈（der Doge），威尼斯公国的首脑。

甜美的梦啊，你鼓舞我
唱出上千首最美的歌！

我从印度斯坦①
跋涉到大马士革，
随后和新驼队一道，
行至红海之滨。

你嫁给我，为了你的河，
为了［你的］草场，为这片树林，
这里献给你我的精魂，
直至给你的最后一吻。

银　杏②

这棵东方的银杏树
移植到我园子里，
它的叶有神秘的含义③，
品味它令识者欣喜。

它是生机蓬勃的活体，

---

① 印度斯坦（Indostan），地名，指印度德干高原以北地区。
② 这首诗始作于 1815 年 9 月 15 日的法兰克福，最终在 1815 年 9 月 27 日完成于海德
堡，收入《西东歌集》中的《苏莱卡卷》。这是广大读者最喜爱的诗歌之一，曾被多
位作曲家谱成歌曲。
③ 这是一首情诗。诗人借银杏树叶的特殊形状喻指男女间的情爱，又隐含歌德与玛丽安
娜之间的隐秘情爱，或许这就是它的"神秘含义"吧？

在内部自行分离？

还是彼此选中对方，

于是被视为一体？

为回答这样的问题，

我发现了其中真谛；

你没感到在我的诗章里，

我既是一，又是双？

哈台姆与苏莱卡

哈 台 姆

卷发！卷发缚住我 [①]，

眼前总出现她的面庞，

这些诱人的褐色小蛇 [②]，

对付你们我无法可想。

唯有这颗心永远不变，

它激情澎湃，常葆青春，

纵然积雪覆盖，浓雾弥漫，

埃特纳火山 [③] 依然为你喷发火焰。

[①] 这首诗和《我永远不愿失去你》皆是 1815 年 9 月 30 日作于海德堡。

[②] 指一绺绺卷发。

[③] 埃特纳（Ätna）：西西里东海岸的活火山。西方诗人常以埃特纳火山喷发熔岩象征恋
爱激情。

你羞涩的红晕有如朝霞，
映照山峰的峭壁危崖，
哈特姆再次感受到
春的气息和炎炎盛夏。

斟酒吧！再斟满一瓶！
这杯酒我要带给她！
她若见到一堆灰烬，
会说：他为我在烈火中殒命。

苏 莱 卡

我永远不愿失去你！
爱情会赋予爱情伟力。
你用你澎湃的激情，
让我的青春灿然生辉。
啊！当人们赞美我的诗人，
我感到多么自豪、欣慰！
须知爱情就是人生，
是人的生命之精魂。

无法抗拒你的明眸……①

无法抗拒你的明眸、

———————————

① 本诗因玛丽安娜而作，写于1815年9月底或10月初。

香唇与酥胸的诱惑，
聆听你悦耳的声音，
始终是我的快乐。

昨天，啊！她最后一次前来，
随后灯火仿佛全部熄灭，
往日令我欣悦的种种戏谑，
益显珍贵却再难寻回。

直至安拉^①乐于让我们
再次相逢的那一天，
太阳、月亮和世界
只会让我泪流满面。

你可知运动是何意？^②

你可知运动是何意？
东风带给我愉快的消息，
它的翅膀扇起清风，
凉爽芳心的深深伤痛。

东风和尘土亲昵嬉戏，

---

① 安拉（Allah），真主，伊斯兰教尊崇的神。
② 1815 年 9 月 18 日，歌德离开法兰克福前往海德堡。9 月 23 日，他青年时代的友人——银行家维勒梅尔携年轻的妻子玛丽安娜前往海德堡与歌德再次聚首。这是玛丽安娜 9 月 23 日抵达海德堡后写的诗，诗中表达了玛丽安娜在和歌德重逢的前夜难以抑止的强烈情思。歌德改了几字，收入《西东歌集》的《苏莱卡卷》，没有注明是出自她的手笔。

追逐它，扬起一团团轻云，
向不会移动的葡萄叶刮去，
那里快乐的昆虫有好几群。

清风可解骄阳的灼热，
也令我发热的面颊凉爽，
迅跑中它还亲吻葡萄枝蔓，
它们在原野和丘陵闪亮。

它低声耳语捎给我，
朋友的千百个问候；
在这些丘陵暗淡之前，
还送来千百个吻给我。

你就这样往前去吧！
去抚慰朋友们和忧心人。
不久在那炎阳下的高墙，
我会见到［我］心爱的人。

啊！我心渴望的信息——
爱的气息、清新的生命
只能来自他口中，
只有他的呼吸能给予。

西风，多么羡慕你啊！ ①

西风，多么羡慕你啊！
你有湿润的翅膀；
能把消息捎给他，
说离别使我多悲伤。

你展开翅膀飞翔，
唤醒我心中默默的渴望，
鲜花、眼睛、森林和山冈
在你的气息中闪烁泪光。

但你轻柔的吹拂，
凉爽我伤痛的眼睑；
我定将伤心憔悴死，
若无望与他再相见。

去吧，快去找我那情郎，
向他的心儿温柔倾诉；
切不可令他黯然神伤，
或向他透露我的痛苦。
告诉他，但要说得婉转：

---

① 这首诗是玛丽安娜 1815 年 9 月 26 日在海德堡写的，表达女诗人对即将与歌德离别的
悲伤。翌日玛丽安娜便和丈夫一道返回法兰克福。歌德改动几字后收入《西东歌集》，
未作说明。

他的爱是我的生命，
在他的身边我会有
此二者^①的欢乐感情。

去吧，快去找我那情郎，
向他的心儿温柔倾诉；
切不可令他黯然神伤，
或向他透露我的痛苦。

重　　逢^②

明星之星^③，我竟能把你
又紧紧抱在怀里！
啊！天各一方的夜晚，
如无底深渊，痛苦无比。
是你！你是我欢乐之
亲爱、甜蜜的情侣；
想起痛苦的过去，
对眼前不寒而栗。

当世界在深深的底层，

---

① "此二者"：指爱情和生命。
② 本诗作于 1815 年 9 月 24 日。这一天上午，玛丽安娜来到海德堡看望歌德，歌德惊
　喜至极，心潮激荡，当天写成这首被一些翻译家、歌德研究家称为绝唱的名诗。
③ 明星之星：表示同类中之最优秀、最重要者。这是典型的圣经笔法。明星之星在此处
　意为优秀女性中之最优秀者。

我倚在天主永恒的胸前，

怀着崇高的、创造的欢欣，

企盼天主安排最初的时辰，

他开口说道："要有！"①

于是随着一声痛苦呻吟②，

以雷霆万钧的气势，

宇宙分裂为诸种现实。

光明出现了！黑暗羞怯地

自行与光明分离，

众多元素也随即

各奔东西而逃逸。

在狂野紊乱的梦幻中，

纷纷飞奔向远方，

在不可测度的空间里僵死，

没有渴念，没有音响。

万籁无声，寂静、荒凉，

天主首度陷于孤独！③

于是他创造出对痛苦

怜悯同情的曙光④；

---

① 据《旧约全书·创世纪》载，上帝创造世界，"上帝说：要有光！于是便有光。"由是
  而区分光明与黑暗、昼与夜。

② 指整体分为若干部分时的分裂之苦，亦暗指爱侣（他和玛丽安娜）离别的痛苦。

③ 《旧约全书》中描写上帝感到孤独是在他创造光之前。歌德这样写，是表现主题的需
  要。他为了表达自己的思想感情，并不拘泥于圣经原文。

④ 曙光：即朝霞。这个词在这里有双重含义：曙光是太阳的先行者，太阳又代替上帝使
  光普照天下；同时，曙光又隐喻玛丽安娜明艳无方的美丽形象。

曙光为混沌展现

伴随音响的色彩游戏，

方才分道扬镳之一切，

如今又能相爱相怜惜。

急匆匆努力为自己

寻找与己投合的品性，

情感和目光再度转向

不可测度的生命。

不管追求到的还是掠取，

只要能得到、不失去！

安拉再无创造的必要[①]，

他的世界我们来创造[②]。

于是，乘着朝霞的翅膀，

我迅即被带到你香唇旁，

而繁星满天的夜晚，

使美如星光的结合更圆满。

人世间，我们两人

都是悲欢的典范，

即使再次说："要有！"

[①] 《可兰经》（Koran）认为男女结成眷属、爱侣，是神的"第二次创造"（因为男女成对是神用"一滴精子"造的），歌德这样写是为了改变这一神话传说，说明神的"第二次创造"实无必要。

[②] "他的世界我们来创造"（Wir erschaffen seine Welt），即是说，男女之爱（狭义上指他和玛丽安娜），两人自己做主，不必劳神费心。

我俩也不再分手。①

圆 月 之 夜②

女主人！低声耳语是何意？

为何香唇轻启不停息？

你一直悄悄自言自语，

比抿一口葡萄美酒还惬意！

莫非想为你的双唇，

再招来一对伴侣？

我说：我要亲吻！亲吻！

瞧！可疑的黝黑里，

树枝红彤彤像开花，

异彩纷呈的神奇宝石，

星星般穿越树丛好翠绿，

① 表示情深似海、决不分离的意志。其实，也就是表达深厚情谊之语，而不是当真要长
相厮守。即使在写这个句子的当时，歌德自己也十分清楚，不过小聚三五日，不久就
要分手的。这是诗人在写诗，不必当真实意图看待。

② 这首诗的原稿上注明，此诗作于 1815 年 10 月 24 日。这一天是歌德告别玛丽安娜之
后的第一个月圆之夜。歌德同玛丽安娜·封·维勒梅尔在海德堡分手之际，约定月圆
之夜，人分两地，同时望月，寄托思念之情。这是一首对歌。开篇一声"女主人！"
就道出了对歌中两人的身份：一个是丫头，另一个是女主人苏莱卡。独具匠心的构思
是这首诗的特色：这首角色诗中的主角是女主人，丫头是配角；可是，丫头的歌词占
了全诗篇幅的七分之六，女主人在全篇三次重复同一句话，总共只有四个词，显得突
兀、费解。丫头的歌唱起着为全诗营造氛围的作用，同时从侧面烘托女主人思念情人
的专注和激情。没有丫头的歌词，便无从明示女主人的情感和心理状态。以这样的方
式通过配角来刻画主角的形象，很别致，也很少见。

冉冉升起又宛转落下，
可你对这一切全不在意。
我说：我要亲吻！亲吻！

你和心上人相距遥远，
他心中同样苦乐参半，
不幸的幸福感在心田。
此刻花好月圆，
互致神圣礼赞，
人分两地共婵娟。

我说：我要亲吻！亲吻！

余　音 [1]

当诗人把自己比作太阳，比作帝王，
他的诗句何其辉煌；
但当他悄然隐入阴沉的夜，
便藏起悲哀的面庞。

浮云如带，遮蔽纯蓝的天宇，
于是天宇坠入黑夜；
我的面颊苍白憔悴，

---

[1]　这首诗写于 1815 年 11 月 7 日，即在海德堡告别玛丽安娜约四十天之后，此时他所
思念的恋人显然是玛丽安娜。

灰白的是我的伤心泪。

别让我独自在黑夜受煎熬，
心爱的人儿，你面庞美如月光！
啊，你是我的晨星，我的蜡烛，
你是我的光明，我的太阳！

这世界看上去非常美好 ①

这世界看上去非常美好，
但诗人的世界尤其美妙，
在五彩斑斓、明朗或银灰色原野，
华灯璀璨，日日夜夜，长明不灭。
今天我眼里一切都壮丽，愿它永远不变，
我今天是透过爱的眼镜观看。

任随你千姿百态隐形藏身 ②

任随你千姿百态隐形藏身，
最亲爱的，我一眼就认出你；
纵使你蒙上那魔法的面纱，
无所不在的，我一眼就认出你。

---

① 本诗 1815 年 2 月 7 日作于魏玛。
② 本诗 1815 年 3 月 16 日作于魏玛。

看翠柏蓬勃向上的青春活力，
健康成长的，我一眼就认出你；
从河流清澈的水波荡漾，
最妩媚可人的，我清楚地认出你。

当喷泉射向上方绽放水花，
最喜嬉戏的，我真高兴认出你；
天上云彩形状千变万化，
最多姿多彩的，我就认出是你。

看鲜花烂漫开遍如茵的草地，
灿若繁星的，你多美啊，我认出你；
常春藤向周遭伸出千百条手臂，
紧相拥抱的，我于此认出你。

当朝霞如火染红了山头，
最令人欢愉的，我立时问候你；
于是我的头顶展现澄明天宇，
胸怀最宽阔的，于是我呼吸你。

我的内外感官所获得的认识，
教化万众的，我所有感知都经由你。
如果提起安拉的一百个名字 ①，
每个圣名都有相应的一个属于你。

---

① 伊斯兰教的真主安拉另九十九个美称，表示九十九种美德。歌德在此诗中模仿伊斯兰
教徒以各种称呼表达对真主安拉的称颂，以此展现对情侣的赞美和挚爱。

为了更好地理解 ①

只有进入诗的国度，
才能了解诗歌创作；
只有进入诗人的国度，
才能更好地理解诗人。

格 言 诗

海洋永远奔涌澎湃，
陆地永难留住海洋。

命运考验你，知道原因吗？
它要你节制，默默遵循吧！

白日未尽，男儿仍须努力！
黑夜降临，无人能有作为。

倘若心事满怀者诉苦，
说他濒临绝望，无人帮助，
此时一句友好的话语，
会使他久久得到安慰。

---

① 本诗作于 1819 年 1 月。

我继承的遗产多么广阔、壮观！
时间是我的财富，我的田地是时间。

承认吧！东方诗人
比我们西方诗人伟大。
只这点我们和他们不相上下：
对像我们一样的人的憎恨。

无论何时都不要
和别人发生争执！

与无知者争吵，
智者便陷入无知。

若要我为你指点周遭风景，
你须先登上屋顶。

沉默者，少烦心；
人在舌下隐。

激情的潮水徒然冲击
未被制伏的坚实大地：
它把诗的珍珠抛掷上海滩，
这已是人生的收益。

人只要努力，难免犯错误。

要珍惜时间，光阴似箭，
有条理能使你赢得时间。

人生一世，无一事完美无瑕疵。

理论是灰色的，
生活的金树常青。
这是智慧最后的论断：
每天为自由与生存而斗争，
才能拥有自由与幸福的人生。

能给予者才会快乐。

奇迹是信仰的宠儿。

忠诚纯正之人可谓幸福，
他从不悔恨任何牺牲。

不属于你们的，
一定要避开；
扰乱你内心的，
切不可忍耐。

目　光 [1]

你照镜子的时候，
要想起我吻过这双眼睛；
你避开我的时候，
我觉得自己简直就要丧命；
我只活在你的眼睛里面，
我目有所示，你必有回应，
不然，我就会完蛋；
现在我时时感觉如获新生。

一年到头总是春 [2]

花坛好风光，
花草竞长，
吊钟花随风摇曳，
洁白如雪，
番红花盛开
如烈焰，
嫩芽绿如碧玉
红似血。

---

① 准确写作时间不详，可能作于 1814 年后。
② 这是 1816 年 5 月 15 日歌德为献给病重的夫人克里斯蒂安娜而写的一首诗。同年 6
　　月 6 日，歌德夫人因肾病不治身亡。

报春花俏丽，
笑傲顾盼，
紫罗兰淘气，
四处藏匿；
所有草木花卉，
全都欣欣向荣，
真个是春到人间，
春色满园。

然而满园花卉
都不如我的爱人
可爱的心灵之花
华美高贵。
她美目含波，
一直眷顾着我，
令我诗情涌动，
热情放歌。
她如花的心灵
永远坦然地敞开，
谐戏时纯洁，
严肃时友善。
玫瑰和百合，
夏天最娇艳，
要同我爱人媲美，
它们还差得远。

三　月^①

下了一场雪，^②
并不合时令，
为了所有花儿，
为了所有花儿，
大家都很高兴。

阳光有气无力，
一副虚情假意，
燕子也在撒谎，
燕子也在撒谎，
为什么？她独自飞返。

即使春天临近，
怎能独自欢欣？
我们出双入对，
我们出双入对，
夏天就要来临。

---

① 此诗作于 1817 年 3 月。
② Es ist ein Schnee gefallen, / Und es ist doch nicht Zeit（下了一场雪，并不是下雪季节）是中世纪一首哀叹穷人生活艰难的民歌的头两句，歌德借用它作为这首咏三月的儿歌的开头。

六 月①

她住在青山那边，
她犒赏我的爱恋。
告诉我：山，究竟是什么东西？
我看你就像玻璃。

我似乎离那儿不远，
我已经看见她走来，
我不在那儿，真遗憾，
她知道，她笑逐颜开！

中间有一片清凉谷地，
那里灌木丛稀疏，
还有溪流、磨坊、水车轮、
草地之类最美好的事物。

接着出现一片平坦土地，
豁然开朗的广阔田野
一直延伸、延伸出来，
直抵我的花园和宅第！

究竟是怎么一回事？

---

① 本诗作于 1820 年前。

这一切并不令我欣喜——
她那如画的面庞、
星眸的光彩、
轻盈的步履，
看见她，从发辫到脚趾，
都让我无比欢喜！

她走了，我在这里；
我离开，和她在一起。

她翻过陡峭的丘陵，
沿山谷匆匆疾走，
那儿有声响，有动静，
像翅膀扑扇，像歌声。
唯有她能使之幸福的男人
正在静静地期待
这丰沛的青春气息，
令人欣悦的肢体的光彩。

爱情对于她，真是太美了，
比这更美的，我从没见过！
从她的心窝自然而然地
绽放出娇艳的鲜花朵朵。

我想：就应该这样才是！
我神清气爽，乐不可支；
她爱我，世上还有什么
比她的爱更美好的？

新娘子会越发美丽，

如果她完全信赖我；

如果她对我述说，

什么令她苦恼，什么让她欢喜。

她的一切我非常了解——

她的现在，她的过去。

这样的女子，这样的爱侣，

有谁能赢得她——从灵魂到肉体！

你说，岁月流逝……①

"你说，岁月流逝，你失去许多许多：

谈情说爱的真正快乐，

往日堪忆的谐谑妙趣；

远游千里亦不复适宜，

华章丽辞虽曾博得权贵赞叹，

如今这一切都已烟消云散；

对自身的作为不再感到快意，

你已失去冒险的勇气！

你还有什么与众不同！"

我有的是思想和爱——这就足够了！

———————————

① 此诗可能作于1816年至1819年间，准确写作时间不详。

晚年抒情诗 (选译)

(1820—1832)

致 合 众 国①

美利坚，你的日子
比我们旧大陆好过，
你没有坍塌的宫殿，
没有玄武岩。
在你生机勃勃的年代
没有无用的回忆、
无谓的争执
从内部扰乱你。
利用好当下的机遇！
你们的孩子如果写作，
愿他们有好运气，
避开骑士故事、强盗和神怪传说。

致拜伦勋爵②

友情之语接连来自南方③，

---

① 这是歌德晚期作品，见于《温和的格言》。
② 本诗作于 1823 年 6 月。1823 年 5 月底，英国驻日内瓦领事之子查尔斯·斯特灵
（Charles Sterling）抵达魏玛，将一封拜伦亲笔推荐函面呈歌德。在此之前，1822 年
11 月 7 日，歌德收到拜伦"献给非常杰出的歌德"（To the illustrious Goethe）的
亲笔献词。为了答谢拜伦数度对他表达的景仰之情，歌德写了这首诗。歌德谈及此事
时说："幸而他在里沃尔诺即将乘船前往希腊之前收到此诗，1823 年 7 月 24 日他亲
笔复函，我一直珍藏着他这封亲笔信。"
③ 指意大利里沃尔诺，当时拜伦在那里准备乘船赴希腊。

189

给我们带来快乐的时光；
它呼唤我们投身最崇高的事业，
余虽甚神往，无奈双足被捆绑①。

我和他相伴已如此长久，
心里话如何能送至远方？
内心深处的他总是和自己诘难争辩，
忍受深深的痛苦，他已习以为常。

斯人有福了，若能明于自知！
他足可宣称自己幸福无比，
倘若缪斯之力能战胜痛苦，
愿他能像我了解他那样认识自己。

致乌尔莉克·封·列维佐夫②

你——霍华德③的弟子，每天清早
奇怪地昂首望天，四处远眺，
看是否有雾，雾霭上升或降下来，
看天上都有些什么样的云彩。

---

① 这一行按字面的意思是：不是精神［被捆绑］，而是脚被捆绑。歌德在萨克森－魏
玛－埃森纳赫公国有行政职务，政务缠身，"此身非我所有"，"脚被捆绑"即指此。
② 本诗作于 1823 年 8 月 14 日。在这首谈云、谈天气的小诗中，诗人朦胧地道出对少
女乌尔莉克抱有的希望。
③ 霍华德（Luke Howard，1772—1864），英国气象学家。歌德在此若千年前曾与霍华德
通信，对他的研究成果赞誉有加。

远远的山那边浑圆的一团，
像冰雪覆盖的阿尔卑斯山峦，
毛羽状的白色稀疏云带
在它的上方飘荡；
然而一片雨云越来越阴暗，
正从云层中下降。

如若在宁静的曦微晨光中，
一张异常亲爱、忠诚的面孔
在熟稔的门槛与你不期而遇，
你可知道这预示晴天还是下雨？

你在温泉浴场逗留的时光 ①

你在温泉浴场逗留的时光，
引起我内心情感波涛的激荡；
我一直把你珍藏心中，难想象
在别处你会是另一种模样。

---

① 本诗 1823 年 9 月 10 日作于埃格尔（Eger），此时歌德与乌尔莉克·列维佐夫已分手。
歌德于同年 9 月 9 日致信乌尔里克的母亲阿玛丽·封·列维佐夫（Amalie Theodore
Caroline von Levetzow），内附此诗。诗中温泉浴场即玛里恩温泉浴场，请参阅下文
《激情三部曲》中《哀歌》的题解。

激 情 三 部 曲①

致 维 特②

世人为你洒了许多热泪，亡灵③，你竟敢

又一次大白天出现在大庭广众之前，

你我在鲜花烂漫的草地偶遇，

见到我你并不感到畏惧。

你俨然依旧是一位翩翩少年，

当年田野的清露沁入我俩心脾，

白昼让人厌烦的辛劳过后，

落日的余晖令人心醉神迷；

我注定要留下，而你注定得走，

---

① 构成《激情三部曲》的三首抒情诗：《致维特》、《哀歌》和《和解》，起初是由于不同缘由作为独立存在的诗篇创作的，至 1827 年，歌德才把它们放在一起，并冠以《激情三部曲》(以下简称《三部曲》)作为总题。这三首诗在《三部曲》中的顺序不是依照创作时间的先后安排的。《三部曲》中的《致维特》写作时间最晚（1824 年 3 月下旬），作为《三部曲》核心部分的《哀歌》放在中间，而 1823 年 8 月 25、26 日作于玛里恩温泉浴场的《和解》殿后。1831 年 12 月 1 日，歌德在同艾克曼谈话中说明了采用这一形式的缘由。

② 1774 年《少年维特之烦恼》在莱比锡 Waygand 出版社首次出版，作者未署真实姓名。1824 年，这部小说出版五十周年，出版社欲出此书的五十周年纪念版，为此请歌德撰写一篇序言，歌德遂于 1824 年 3 月 25 日作此诗，翌日修改定稿。

③ 这里作者是在对他的首部小说的主人公维特说话，本诗第三十九行的"你"亦如此。"世人为你洒了许多热泪"，因为小说的读者对维特的命运感同身受，"同病相怜"。荷马史诗中称死者为"亡灵"，歌德亦沿用。

你先我而去了——失去的并不多①。

人生好似抓阄，真是奇妙：

白天有多么明媚，夜晚就有多美好！

我们置身于欢乐的天堂，

几乎未曾享受煊赫的太阳，

于是混乱的志向时而与自己、

时而与周围环境争斗不已；

彼此无法如愿，相互补全，

外面阴暗，即便内心明亮，

光亮的外表遮蔽我混浊的目光，

幸福近在咫尺——人却视而不见。

我们以为认清了它！我们却遭遇

魅力的倩影的暴烈袭击：

年轻人欢愉有如童年蓓蕾初开，

在春天里自己作为春天走出来，

他狂喜，诧异，是谁带给他这一切？

环顾周遭，他拥有这个世界。

他无拘无束，匆匆奔向远方，

什么都不能限制他，无论高墙、殿堂；

鸟群飞掠过森林最高的林梢，

他也如飞鸟远游，围绕情人飘摇，

---

① 歌德此前曾不止一次表示：人生是"一连串的疾病直至死亡"，故而维特的早逝并没
有太多损失（见 1816 年 3 月 26 日致卡尔·弗·泽尔特的信）。"你先我而去了——失
去的并不多"句揭示了本诗的基本思想。

从他乐于离开的太空，他寻找
忠诚的目光，此目光抓住他，抓得很牢。

然而告诫不是来得太晚，就是太早，
他感到飞翔受阻，感到诱惑的困扰，
再见是快乐的，离别悲伤心情沉重，
更加快乐、幸福的是再度相逢，
多年的离情别绪瞬间得到补偿，
一声"别了！"终究阴险地守候在一旁。

你微笑着，你的微笑深情而得休；
当年你可怕地离去使你名满环宇①；
我们悼念你凄恻悲惨的命运，
你留给我们人世的悲苦与欢欣、
激情之祸福难卜的途径
再度吸引我们投入人生的迷茫；
我们再二再三地陷入困境，
最终导致离别——离别就是死亡！
为了躲避离别带来的死亡，
诗人的歌唱令人荡气回肠！
纠缠于半属咎由自取的如许痛苦，
愿神让他诉说他所忍受的苦楚。②

---

① 指维特自杀的小说结局。
② 参阅下一首诗《哀歌》的题词："世人默默无语受折磨，/我的苦楚神却让我诉说。"

哀　歌 ①

　　　　世人默默无语受折磨，
　　　　我的苦楚神却让我诉说。

这一天有如鲜花犹未怒放，
纵然重逢，我能有什么希望？
天堂、地狱之门为你敞开，
心潮起伏，变化何其无常！——
千真万确，她走近天国的门扉，
抱起你，把你拥进她的怀里。

你就这么被迎进了伊甸园，
仿佛该享受人生无尽的妙趣；
你无所求、无希冀亦无思念，
这里就是内心追求的目的，
一见旷世佳人的天香国色，
慕恋的泪水之泉随即干涸。

白昼并未展开神速的双翼，

---

① 1823年夏天，七十三岁的歌德热恋年方十九的贵族少女乌尔丽克·封·列维佐夫。
他恳请奥古斯特大公爵为媒，向少女的母亲提出联姻的请求，未获应允。已届垂暮之
年的诗人于是赋诗描述这一悲剧事件在他心中激起的情感波澜。这首《哀歌》是在从
卡尔斯巴德返回魏玛的马车上创作的，始于1823年9月5日，至9月13日抵达耶拿
时全诗告成。这首因失恋的痛苦而作的《哀歌》历来被视为德语爱情诗中的绝唱。

似在驱赶时间迅疾向前！
夜晚的吻，忠诚结合的印记；
翌日太阳照临也不会改变，
时光在轻柔移动 ① 中何其相似，
虽有如姐妹，仍可区分彼此。

最后一吻，销魂蚀骨地甘甜，
缠绵美妙的情丝竟被剪碎。
步履时疾时停，避不趋近门槛，
恍若天使仗火剑 ② 在后面猛追。
凝视阴暗的小路，懊恼至极，
回眸一瞥，天门已然锁闭。

于是转而自我封闭，
仿佛这心扉从未开启，
亦从未感受在她身旁的欢乐时光，
要和天上每颗星争辉竞亮。
不快，悔恨，自责，忧心忡忡，
沉闷的氛围中心境沉重。

这世界难道是多余？峭壁巉岩，
不复有神圣的云影作冠冕？
庄稼不再成熟？葱绿的原野，

---

① 时光悄然流逝，无声无息，故曰"轻柔移动"。同一表达方式亦见于《浮士德·天上序曲》中大天使米迦勒的歌词："……你的使者崇拜你，崇拜你轻柔的斗转星移。"
② 亚当和夏娃偷食禁果，大天使迦百列奉天主之命持火剑把他们赶出伊甸园，事见《旧约·创世纪》。

不穿过林丛牧场沿河岸伸展？
浩浩穹隆天宇超越凡尘，
形态万千，不是瞬息归于无形？

举止多么轻盈、秀美、温柔而清爽，
如天使飘出庄严的云端，
又仿佛彼岸蔚蓝色穹苍，
淡淡香雾中升起苗条身段；
你看她舞姿婀娜何等欢畅，
是妙人儿中最美妙的形象。

然而只许你欣喜片刻时光，
留住的不是她，是天人影像；
返回内心吧！你会有更好的发现，
那儿她仪容芳姿频频变换：
一个姿影化出无数姿影来，
千姿百态，一个比一个可爱。

她驻足门旁，状似为了迎候，
尔后一步步让我快乐万分；
最后一吻之后她又赶来找我，
把最后的香吻印上我的嘴唇：
心上人的倩影如此鲜明生动，
犹如火焰文字写进忠诚的心中。

余心之坚有如雄关城墙，
为她而保全自己，并将她珍藏心里，

为了她而欣幸吾心康健久长，
只有她敞开心扉方能知悉，
我的心只为感谢她的爱而跳，
在情爱的围场愈感自在从容。

被人爱的需要与爱的能力
一旦云散风流，杳无踪影，
立时会产生希望葱茏的乐趣，
欣然拟定计划，决断，并迅速行动！
如果说爱情会使情郎神魂颠倒，
这在我身上体现得最好、最妙；

只因有了她！——内心的惶恐
施于身心，如强加的重负；
郁悒的心灵陷于空虚荒芜之中，
举目环顾，周遭景象尽皆恐怖。
此时自熟稔的门槛闪耀希望的微芒，
她出现了，披一身温煦明丽的阳光。

书中写道：造福世人的理性
远逊于神赐的平安；
我把它比作爱情的欣悦安宁，
当你在最心爱的人儿跟前；
那时心境平宁，什么都无法扰乱
想为她所拥有的深深意念。
一种追求在我们纯洁的心胸激荡，
出于感激，自愿为一个高尚的人、

纯洁的人，为不相识的人们献身，
领悟着并为恒未命名者献身；
我们称之为：虔敬！——面对她的时候，
我总有这种高尚的幸福感受。

面对她的目光，有如面对炎炎骄阳，
面对她的呼吸，感觉如坐春风，
自我意识在严冬墓穴中深藏，
早已凝冻冰封，于此顷刻消融；
自私的盘算，固执己见，
她一来，全都惊慌逃散。

她仿佛在说："每日每时，
生活待我们可谓丰厚，
明日之事不可知，
昨日之种种所知不多，
即便我忌惮夜晚降临，
红日西沉，仍有些事令我欢欣。

像我一样欣悦而深明事理，
观察稍纵即逝的瞬间！切莫延宕！
快去迎接它，生机勃勃且胸怀善意，
在行动中把握它，为了爱，为了欢畅；
一切只在你所在的地方，永远纯真赤诚，
你便拥有一切，你便不可战胜。"

你说得好，神赐你片刻恩惠，

我想，是为使神恩与你为伴，
人人在你温婉亲切的身边，
都感到宛如命运的宠儿一般；
我唯恐你示意要我离去，
如此深邃的智慧学了又有何益！

如今我已远行！在这一分钟，
什么才适当？不知该怎么说。
她待我的种种好处系我魂梦；
这只是负担，我必须摆脱。
强烈的思念驱使我四处游荡，
彷徨无计，唯有泪千行。

那就让泪如泉涌吧！滔滔泪浪，
浇不灭心中的烈焰！
生与死作残酷较量，
在我胸中激荡翻腾，撕肝裂胆。
肉体的痛苦或有草药可医；
却无药可医心灵以增强决心和毅力，

令其迷途知返：他何以对她痴心难忘？
千百遍回想她的倩影，
它忽而迟疑不前，忽而形影散乱，
时而模糊不清，时而亮丽纯净；
这等微末慰藉又有何益？
只如潮涨潮落，来而复去！

让我留在这里吧，忠诚的旅伴，

让我独自留在沼泽、苔地和山岩！

努力向前啊！世界已为你们敞开，

大地辽阔，天宇崇高而浩瀚；

要观察，研究，要留意收集细节，

大自然的秘密将能渐次破解。

方才我还是诸神的宠儿，

如今已失去宇宙，迷失自我；

诸神考验我，赐我潘多拉宝盒^①，

那么多财富，危险却更多；

他们逼我亲近乐于施予的红唇，

又把我推开——毁灭我！

和　解^②

激情带来痛苦！——谁来慰藉

遭受重创的抑郁的心？

何处是匆匆飞逝的时辰？

枉然为你挑选了旷世佳丽！

---

① 潘多拉，希腊神话中的美女，诸神赐予种种品性：美貌、妩媚、智谋、口才、奸
　诈……等等，她要出嫁时，宙斯送她一只宝盒，内藏各种祸害灾殃，潘多拉一打开盒
　子，灾难便降落人间。西方作家常以"打开潘多拉盒子"比喻引来各种危险和灾难。

② 本诗 1823 年 8 月 16 至 18 日作于马里恩巴德。歌德将此诗抄写在波兰籍女钢琴家
　马丽·席曼诺夫斯卡的纪念册上献给她。马丽·席曼诺夫斯卡时任圣彼得堡宫廷钢琴
　师，于 1823 年 8 月至马里恩巴德探望歌德，并以其精湛的艺术抚慰歌德对乌尔莉克
　求婚未遂后的失恋痛苦。

意气消沉，举止失当；
崇高世界竟从意识中消亡！

此时音乐挟天使之翼飘然降临，
编织成千百万种乐音，
完全、彻底贯穿人的生命，
以永恒之美充满心灵。
眼睛湿润了，在高尚的情思中感受到
音响与泪水有如神明的奇效。

于是心儿轻松地察觉到
它还活着，在跳，还想跳，
为了对此厚赠表达最纯洁的谢意，
作为回报，情愿奉献自己。
心中感到——啊，愿能永世长留——
乐音与爱的双重幸福。

风　神　琴①

对　话

他

原以为自己不会痛苦，
想不到竟然如此悲伤，
我终日眉头紧锁，
脑子里面空荡荡。

道别时强忍伤心说几句，
到后来泪如雨落。——
当时她虽然泰然自若，
现在想必也像你一样哭泣。

她

是的，他走了，是出于不得已！
亲人们，让我独自待在这里；

---

① 风神琴（Äolsharfen），当时欧洲流行的一种把琴弦绷在木制共鸣箱上借风力发出声音
的竖琴，又译风鸣琴、风竖琴。歌德有一具风神琴置于花园。有风吹拂时，处于不同
位置的两具风神琴会同时发出音响，其声谐和，故时人常以此譬喻两心默契，亲密应
答。这里的《对话》就是这样：并不是两个情侣真的在对话，而是歌德藉此抒发告别
乌尔莉克·列维佐夫之后的缠绵情思。从诗中内容看，这应该是歌德 1823 年 9 月 5
日在卡尔斯巴德与乌尔莉克告别后的作品。

你们要是觉得我显得异样，
事情不会长久这样！
现在我不能没有他，
忍不住要痛哭一场。

他

我没有心情悲哀，
可也快乐不起来：
成熟的果实任人采摘，
我实在万分无奈！
白昼让我觉得厌烦，
生火的夜晚同样无聊；
不断回想你可爱的姿容，
是留给我的唯一享受。
你若希望分享这份幸福，
请来途中与我会晤。

她

没见到我，你很伤心，
也许以为你走了我就变心，
否则你心中总有我的音容。
彩虹不是装点着蓝天？
尽管下雨吧，雨后会出现新彩虹；
你在哭！很快我俩会再相逢。

他

是啊，你确实可与彩虹媲美！
虹是可爱的象征，而且神奇；
你永远新颖，永远像它那么
温柔妩媚，和谐而绚丽。

挽　　歌 [1]

无论你在何处都不孤单！
我们自信总会认得你！
你匆匆辞世虽太突然，
世人之心与你永不分离。
你的命运我们且歌且欣羡，
几至不知为失去你而悲戚；
无论朗日清风或阴天，
你的胆识、诗歌都奇伟瑰丽。

────────────

[1] 拜伦赴希腊后，被任命为征利杜潘远征军总司令，1824年初旬患疟疾，一病不起，1824年4月19日病逝于希腊军中。噩耗传来，歌德悲不自胜，赋诗哀悼。1827年7月5日，歌德在和艾克曼谈话中颇为详细地说明了他的意图。他说："拜伦无疑是本世纪最有才能的诗人，他既不是古典时代的，也不是浪漫时代的，它体现的是现时代。……他具有一种永远感不到满足的性格和爱好斗争的倾向，这就导致他在密梭龙基丧生，因此用在我的《海伦后》里很合适。就拜伦写一篇论文既非易事，也不合适，我想抓住一切恰当时机，去向他表示尊敬和怀念。"（见《歌德谈话录》朱光潜译 人民文学出版社 1982年 第一百五十页）

205

啊，你魄力恢宏，出身名门，
本为享人间荣华而降生，
惜乎早年陷迷津，
枉耗费几多青春！
你目光犀利，洞察世情人心，
扶危济困有侠肝义胆，
绝色美人为你狂燃情焰，
独具特色是你的诗篇。

但你行事太莽撞，
落入了任性的罗网①，
你与陈规、风习
强力碰撞不退让。
你无比崇高的思想，
令你更显得豪情万丈，
决心成就辉煌的业绩，
可惜壮志未酬身已亡。

遂了谁心愿？——愚昧的问题，
命运对此亦讳莫如深，
在这极不幸的日子，
人民心在流血口不语。
但请振奋精神唱新曲，
不再俯首折腰复摧眉；

---

① 意为：拜伦之死，非他人之过，过在他的任性。

206

人间将再赋新诗，
万物仍生生不息。

未婚夫①

午夜时分我睡着，胸中多情的心
未入眠，仿佛此时是白天；②
在白昼，觉得又像夜晚降临，
它能带给我的，与我何干？

是她不在了；我只为她一人劳碌奔波，
只为她才在似火炎阳下奔走，
凉爽的夜晚，多么惬意的生活！
美好时光是辛劳的报酬。

红日西沉，我们手挽着手，
欢送最后祝福的夕晖，
二人四目相视，眼神明白地说出：
唯愿明晨她自东方返回。

午夜时分，温柔梦里，星光

---

① 此诗作于 1824 年年底或 1825 年年初。
② 歌德在《诗与真》第十七卷里这样描述他和丽莉·勋涅曼的关系："当年那种状态就
像书上写的：'我在睡着，可是我的心醒着'；白天和黑夜没有区别；白昼的亮光敌不
过爱情之光，爱慕的光辉使黑夜变成了最明亮的白天。""我在睡着，可是我的心醒
着"是歌德年轻时候翻译的《颂歌》第五首中的句子。这是年迈的诗人不能忘情于年
轻时的恋人丽莉的一首忆旧诗。

引我走近她休憩之所，

啊，让我也在那儿安息吧！

生活是美好的，无论怎样的生活。

新希腊爱情司科利[①]

这方向准确无误，

一直向前，向前！

黑暗和艰难险阻

都不能使我转向别处。

清亮的月儿终于

照亮了我的小路！

这条路径直通向

我心上人的居处。

小路被河水隔断，

我解缆登上小船，

可爱的明月在天，

引领我抵达彼岸。

情人茅屋的灯光，

已然隐约可见；

---

① 本诗写于 1825 年。爱情司科利是一种可轮流吟唱的希腊诗体。

愿你的车驾①周围，

永远群星璀璨！

中德四季晨昏杂咏②（十四首）

一

吾辈宦海中人士，

为官日久倦理事，

逢此阳春日，

何不离京师？

茂林修竹流水边，

饮酒赋诗各尽欢，

一觞复一觞，

一行复一行？

二

白烛纯洁似百合，

又如星辰闪微光，

爱情烈火镶红边，

① "车驾"一词暗寓将情人尊奉为女王之意。

② 组诗《中德四季晨昏杂咏》（十四首）（一译《中德岁时诗》）作于1827年晚春五六月间，是诗人接触到中国文学之后，在新鲜、亲切、美好的心情中创作的晚期重要诗作。组诗中每一首都不长，仅一二诗节，押双韵或交叉韵，内容多为吟咏园林花树、风晨月夕、季节变换。景物自然是德国的景物，但诗人有意赋予它东方的、中国的情调，或许这就是组诗何以题名为《中德四季晨昏杂咏》的缘故吧。

自中心耀放光芒。
园中成排的水仙花，
也这般早早绽放；
她们列队恭候谁？
善人们或许知端详。

三

羊群走过牧草地，
草地一片莹洁葱绿，
不久它会成为乐园，
姹紫嫣红花开遍地。

希望在我们目光之前
张开轻纱有如雾气；
艳阳高照，云开雾散，
幸福让我们的愿望实现。

四

孔雀的叫声难听，但它的鸣叫
使我想起它那绚丽华贵的羽毛，
于是乎它的叫声便不令我厌烦，
而印度鹅则无法与之等量齐观，
这种丑禽真让人不敢领教，
它们鸣叫起来谁也受不了。

五

请朝向夕阳的金光，
展露你欢乐的光华，
让你的翠羽花冠，
勇敢地同她争艳。
她探究绿野花开处，
蔚蓝苍穹覆盖花园；
她看见一对情侣，
便以为见到绝代佳丽。

六

杜鹃和夜莺
都想留住春天，
夏天却用蓟草、荨麻
到处抢占地盘；
它也让我的那棵树
长出些许绿叶，
往常我偷窥美色，透过枝杈
投去爱意充盈的一瞥；
如今彩色屋瓦、窗格和圆柱，
已被绿荫遮住，
纵目远眺，视线被阻断之处，
那一方永远是我的东方。

七

她的美胜过最美的白昼，
因此世人一定要原谅我，
她时刻萦绕于我的心怀，
至少在这样的户外。
她走近我，那是在花园，
显得对我深情款款；
至今我依然感到、依然惦念着，
我一直归她所有。

八

暮色自空中降落 ①，
周遭一切变遥远；
那清亮的长庚星，
最先在天空出现！
繁星摇曳入苍茫，
雾霭向高处弥漫；
黝黑阴暗映湖中，
一湖静水无波澜。

忽见东方天际明，

---

① 这是组诗《中德四季晨昏杂咏》中极负盛名的一首，曾使有的前辈译者、论者误以为是李白诗的德译。

仿佛月光亮如火；
袅袅柳枝似发丝，
柳条低垂戏湖波。
柔枝摆动影婆娑，
迷人月光亦颤抖。
宜人的清爽凉意，
由双眸沁入心头。

九

蔷薇花开的季节已过了，
此时方知何谓蔷薇花苞；
一朵迟开的蔷薇在枝头闪耀，
独自补偿满园的凄清寂寥。

十

世人公认你美艳无双，
称你为花之国的女王；
普遍的见证不容置疑，
奇妙的事件无可争议！
于是你不只是一个虚象，
你身上汇聚着观赏与信仰；
然而"研究"始终不倦地探索
规律，因由，为何与如何。

十一

我讨厌闲言碎语，

畏惧骗人的把戏，

你刚看见便消失，

一切转瞬皆逃逸；

我被罩在灰色网里，

此情此景实堪忧虑，——

"且放宽心！物质不灭

乃亘古不变的铁律，

玫瑰、百合开花即循此规律。"

十二

沉湎于往日的旧梦，

与玫瑰谈情而冷落娇娘，

与树木而不与智者交谈；

倘若这并不值得褒扬，

可召唤众多童仆前来，

让他们站在你的身旁，

捧来美酒、画笔和颜料，

在绿野为你、为我等效劳。

十三

你想要干扰我宁静的欢欣？

我且将葡萄美酒自斟自饮；

与人交往可受教益、广见闻，

文思泉涌唯有在独处时分。①

十四

"临行匆匆握别前,
问君欲赠何良言?"——
今日此地展雄才,
他日他事勿多念。

漫　　步 ①

我在田野漫步
行止随心所欲,
无所求、无所觅
是我的本意。

有一朵小花儿
在我身边伫立,
我从没见过像她
这么可爱美丽的花。

我想折下它来,
花儿匆匆细语:
我身上有根须,

---

① 本诗于 1827 年首次发表。

它们十分隐秘。

在深深的土里
我扎下了根须
因此我的花卉
开得分外美丽。

我不会谈情说爱，
我不会阿谀奉承；
你不可折下我来，
只可将我移栽。

我在林中漫步，
随意向前走去，
心中多么欢愉，
我要一直向前走——
这是我的本意。

诗歌是彩绘窗玻璃 ①

诗歌是彩绘窗玻璃！
从市场往教堂里面看，
那里一切都阴沉黑暗；
庸人就如此看待生活：

---

① 此诗具体写作时间不详，估计应是在 1827 年诗人创作《中德四季晨昏杂咏》前后。

他很可能闷闷不乐，
一辈子都闷闷不乐。

进来吧，就来一次也好！
向神圣的教堂问候；
在那里，色彩一下子鲜明起来，
历史和观赏品迅即焕发光彩，
一道高贵的亮光意味深长；
神的孩子们，这会对你们有用场，
令你们一饱眼福，心情欢畅！

致上升的满月 ①

你就要离我而去！
刚才还在我近旁！
重重乌云包裹你，
霎那间你已不在这里。

但你能感到我多么忧伤，
请露出你的边缘有如星光！
向我证明我被人爱，

---

① 这首诗是写给玛丽安娜·封·维勒梅尔的。1815 年 9 月 26 日，她告别歌德返回法兰
克福时，两人相约在圆月之夜，同时异地赏月，寄托怀念之情。1828 年 8 月 25 日歌
德在日记里写下："圆月上升、前行，很美。"这首小诗就是赏月的当晚写成的。10
月 23 日，歌德致函玛丽安娜·封·维勒梅尔，内附此诗。作曲家泽尔特应歌德之请，
为此诗谱曲。

即使情人在远方。

升上来吧！照耀得更明亮，
纯洁的轨迹，展现瑰丽风华！
我的心也越跳越快，
今夜啊，幸福无涯！

道　恩　堡

清晨，当雾霭消散，
山谷、峰峦和花园
为满足深情的期待，
绽放的鲜花是何等烂漫！

苍穹负载浮云，
欲与清朗白昼争锋，
一阵东风驱浮云，
为日轮扫净蔚蓝天空。

美景如斯，你会感谢
造化恢宏、慈爱的胸怀，
行将西坠的殷红的夕阳，
会把地平线周遭染成金黄。

守塔人林叩斯之歌

我为观看而生，
瞭望是我的使命，
为瞭望台献身，
世界令我欢欣。
放眼眺望远方，
凝眸注视近旁，
仰望星辰月亮，
俯瞰森林麋獐。
我看世间万物，
永恒华美壮观。
世界令我欣喜，
我也爱我自己。
啊，幸福的双眼！
举凡你们所见，
宇宙洋洋万象，
何其美丽壮观。

凋谢吧，甜美的玫瑰 ①

你们凋谢吧，甜美的玫瑰，

---

① 本诗可能作于 1830 年，是诗人怀念青年时代的恋人丽莉·勋涅曼的最后一首诗篇。

你们不曾装点我的爱情；
却曾，啊！为无望者开放，
忧伤撕裂他的魂灵！

遥想当年，我黯然神伤，
天使啊，那时节你令我迷恋，
急切等待第一朵小蓓蕾，
我清早便来到花园。

所有果实，所有花卉，
都还在你脚下沉睡，
望着你的面庞，
希望在心中激荡。

你们凋谢吧，甜美的玫瑰，
你们不曾装点我的爱情；
却曾，啊！为无望者开放，
忧伤撕裂他的魂灵！

歌 德 年 谱

1749 年	8 月 28 日，约翰·沃尔夫冈·冯·歌德生于美因河畔的法兰克福。父亲约翰·帕斯卡尔·歌德是法学博士，皇家顾问，母亲卡塔琳娜·伊丽莎白，娘家姓泰克斯托尔。歌德一家住在法兰克福的大鹿沟街。
1750 年	12 月 7 日，歌德的妹妹科内莉娅诞生。
1752 年—1755 年	上幼儿园。
1755 年	大鹿沟街歌德家的房屋改建。在父亲监督下开始由家庭教师授课。
	11 月 1 日，里斯本地震。歌德的宗教信仰动摇。
1759 年	1 月至 1763 年 2 月，法国军队占领法兰克福。法军的托朗伯爵入驻歌德家。
1763 年	2 月，七月战争结束，法军撤出法兰克福。歌德在一场音乐会上见到了当时年仅七岁莫扎特。
1764 年	4 月 3 日，德意志民族神圣罗马帝国皇帝约瑟夫二世在法兰克福举行加冕典礼，歌德在人丛中观看了这一盛典。
1765 年	10 月至 1768 年 8 月，开始在莱比锡大学学习法律。结识饭店老板的女儿安娜·卡塔琳娜·舍恩科普夫（又名凯特馨）。
	写作歌集《安涅特》、《恋人的脾气》。
1768 年	3 月，中断与凯特馨的恋爱关系。
	7 月，病重，咳血。

8 月 28 日，离开莱比锡返法兰克福。

9 月至 1770 年 3 月，在法兰克福父母家中养病。在此期间与母亲的女友苏珊娜·卡塔琳娜·封·克莱滕贝格交往。

写作《同谋犯》。

1770 年　　　3 月康复，4 月至 1771 年 8 月，在斯特拉斯堡继续上大学。

9 月至 1771 年 4 月，赫德尔在斯特拉斯堡。

10 月，初次访问塞森海姆，同乡村牧师布里翁一家结识，并与其次女弗丽德莉克·布里翁恋爱。

是年，黑格尔、贝多芬诞生。

1771 年　　　8 月 6 日，获法学博士学位。

8 月中旬返回法兰克福，开律师事务所。

8 月底，获准以律师身份参加法兰克福陪审法庭。

为弗丽德莉克·布里翁作诗多首。

10 月，发表著名演说《莎士比亚命名日》；把《铁手骑士葛慈·封·伯利欣根》改编为戏剧。

1772 年　　　1 月至 2 月，同默尔克和达姆施塔特的感伤主义作家团体成员结识。

5 月至 9 月，在韦茨拉尔帝国最高法院实习。

同夏绿蒂·布芙（《少年维特之烦恼》女主人公的主要原型）相识。

为法兰克福《学者报》撰稿。

写作《论德国建筑艺术》、《流浪者的暴风雨之歌》。

1773 年　　　写作《普伦德尔斯镇的年市》、《萨图罗斯》、《戏剧协奏曲》、《众神、英雄和维兰德》、《埃尔温和埃尔米拉》和《牧师的信》。

1773 年—1775 年　　写作《原浮士德》、《普罗米修斯》、《穆罕默德》。

1774 年　　　　　　7 月至 8 月，同拉瓦特尔和巴泽多夫结伴前往兰

　　　　　　　　　　河和莱茵河一带旅行。

　　　　　　　　　　在杜塞尔多夫拜访雅可比氏兄弟。

　　　　　　　　　　12 月，在法兰克福，与萨克森 - 魏玛 - 埃森纳赫

　　　　　　　　　　王储卡尔·奥古斯特初次会晤。

　　　　　　　　　　写作《少年维特之烦恼》、《克拉维格》、《克劳底

　　　　　　　　　　纳·冯·维拉·贝拉》、《永世流浪的犹太人》。

1775 年　　　　　　4 月，与丽莉·舍内曼订婚。

　　　　　　　　　　5 月至 7 月，第一次瑞士之行。

　　　　　　　　　　9 月至 10 月，卡尔·奥古斯特公爵邀请歌德前往

　　　　　　　　　　魏玛。

　　　　　　　　　　秋天，解除同丽莉·舍内曼的婚约。

　　　　　　　　　　写《施特拉》、《丽莉之歌》，开始写作《哀格蒙特》。

　　　　　　　　　　10 月 30 日，离开法兰克福。

　　　　　　　　　　11 月 7 日，抵达魏玛。

　　　　　　　　　　11 月，同夏绿蒂·封·施泰因夫人初次会面。

1776 年　　　　　　1 月至 2 月，决定长期留居魏玛。

　　　　　　　　　　3 月至 4 月，前往莱比锡旅行。

　　　　　　　　　　4 月，移居伊尔姆草地旁一座带有花园的房子，在

　　　　　　　　　　那里住到 1782 年 6 月。

　　　　　　　　　　6 月 11 日，参与魏玛公国政务活动。被任命为枢密

　　　　　　　　　　参事。

　　　　　　　　　　10 月，赫尔德到魏玛任教会总监。

　　　　　　　　　　11 月，歌德着手准备重新开采伊尔美瑙矿。

　　　　　　　　　　12 月，前往莱比锡和沃尔里茨旅行。

　　　　　　　　　　为施泰因夫人赋诗。写作《兄妹》、《普罗泽平娜》。

歌德开始参加魏玛宫廷业余戏剧爱好者的演出。

1777 年	6 月 8 日,歌德的妹妹科内莉娅去世。
	9 月至 10 月,在埃森纳赫和瓦尔特堡。
	12 月,骑马游哈尔茨山。
	写作《莉拉》、《感伤的凯旋》,开始写作《威廉·迈斯特的戏剧使命》、《冬游哈尔茨山》。
1778 年	5 月,偕同卡尔·奥古斯特公爵前往柏林和波茨坦旅行。
	写作《人性的界限》。
1779 年	1 月,歌德接任战争和公路委员会的领导职务。此后他多次在公国旅行。
	2 月至 3 月,写《伊菲革涅亚在陶里斯岛》。
	9 月,被任命为枢密顾问。
	9 月至 1780 年 1 月,偕同卡尔·奥古斯特公爵第二次前往瑞士旅行。
	写作《水上精灵之歌》、《耶吕和贝特吕》。
1780 年	歌德着手研究矿物学。
	开始写作《托夸多·塔索》。
1781 年	夏天和随后的年代,歌德参加在梯福尔特的魏玛宫廷社交活动。
	11 月至 1782 年 1 月,在魏玛自由绘画学院讲授解剖学。
	写作《渔妇》、《埃尔佩诺》。
1782 年	3 月至 4 月、5 月,前往图林根各宫廷作外交旅行。
	5 月 25 日,歌德父亲逝世。
	6 月 2 日,歌德移居在弗劳恩普兰的住宅。
	6 月 3 日,歌德接受约瑟夫二世皇帝颁发的贵族

证书。

6 月 11 日，歌德被委任主持税务署工作。

12 月至 1783 年 1 月，前往德绍和莱比锡旅行。

1783 年	9 月至 10 月，第二次哈尔茨山之行，前往格廷根和卡塞尔。
	写作《神的事物》。
1784 年	2 月 24 日，歌德开发伊尔美瑙的新矿。
	3 月，发现颚间骨。
	8 月至 9 月，偕同卡尔·奥古斯特公爵前往布伦瑞克，第三次哈尔茨山之行，同行者有格奥尔格·梅尔西欧·克劳斯。
	写作《诙谐、诡计和复仇》、《秘密》。
1785 年	开始研究植物学。
	6 月至 8 月，在卡尔斯巴德。
	11 月至 1786 年春，多次前往伊尔美瑙和耶拿。
	完成《威廉·迈斯特的戏剧使命》。
1786 年	7 月至 8 月，在卡尔斯巴德。
	9 月 3 日，由卡尔斯巴德秘密前往意大利。
	9 月 28 日至 10 月 14 日，在威尼斯。
	10 月 29 日，抵达罗马。
	将《伊菲革涅亚在陶里斯岛》改写成韵文。
1787 年	2 月至 6 月，前往那不勒斯和西西里岛旅行。
	4 月，在巴勒莫植物园，歌德认识到原始植物的规律。
	1787 至 1788 年，完成《哀格蒙特》；计划写作《纳乌西卡》；写作《浮士德》和《托夸多·塔索》
1788 年	4 月 23 日，离开罗马。

6月18日，返回魏玛。

6月，辞去伊尔美瑙委员会之外的所有政务工作。随后的时间里多次从事公国的各种科学和艺术机构的领导工作。

7月，开始与克里斯蒂安娜·乌尔皮乌斯同居。

9月7日，在鲁道尔施塔德同席勒初次会面。

写作《罗马哀歌》。

1789年　9月至10月，前往阿舍斯莱本并在哈尔茨山旅行。

12月25日，歌德的儿子奥古斯特出生。

完成《托夸多·塔索》

1790年　3月至6月，前往威尼斯旅行。

4月，发现头骨和脊椎的进化关系。

7月至10月，前往西里西亚的普鲁士军营，去克拉考和琴斯托霍瓦。

开始研究颜色学。

写作《植物变形记》、《威尼斯警句》。

《浮士德片断》出版。

1791年　1月，受委托领导魏玛宫廷剧院。

写《大科夫塔》、《光学论文集》。

1792年　8月至10月，陪同卡尔·奥古斯特公爵随军征法。

9月20日，瓦尔米炮战。

11月至12月，在杜塞尔多夫拜访弗里德里希·海因里希·雅科比；在明斯特拜访加利琴公爵夫人。

1793年　5月至7月，以观察家身份参加围困美因茨战役。

写作《市民将军》、《列那狐》。

1794年　7月底，自然科学研究协会在耶拿举行一次会议之后，与席勒交谈原始植物问题。

开始同席勒的友谊。

7 月至 8 月，偕同卡尔·奥古斯特公爵前往沃尔
里茨和德累斯顿。

写作《被煽动者》、《德意志逃亡者讲述的故事集》。

随后，歌德经常在耶拿逗留，与耶拿的教授交往；
同时从事大量自然科学研究，特别是研究形态变
化和颜色学。

1795 年	7 月至 8 月，在卡尔斯巴德。
	写作《童话》，开始写作《讽刺短诗》。
1796 年	写作《讽刺短诗》，完成《威廉·迈斯特的学习时代》。
	写作《赫尔曼和窦绿蒂业》。
	翻译《本费诺托·策利尼传》。
1797 年	8 月至 11 月，第三次瑞士之行。
	8 月，在法兰克福。歌德最后一次看望他母亲。
	12 月，被委任监管魏玛图书馆和古币室。
	写作《叙事谣曲》。开始写作《浮士德》悲剧第一部。
1798 年	3 月，在魏玛附近的上罗斯拉购进一座庄园。
	10 月 12 日，改建后的魏玛宫廷剧院揭幕，演出席勒的《华伦斯坦的营盘》。
	出版期刊《雅典神殿入口》（至 1800 年）。
1799 年	9 月，举办魏玛艺术之友首次艺术展览会。
	12 月，席勒由耶拿移居魏玛。
	写作《阿喀琉斯》，开始写作《私生女》，翻译伏尔泰的穆罕穆德》。
1800 年	4 月至 5 月，偕同卡尔·奥古斯特公爵前往莱比锡和

德绍。

写作《海伦悲剧》，后来成为《浮士德》第二部中的
第三幕。

翻译伏尔泰的《坦克雷特》。

写作《帕莱奥弗罗和内奥特佩》。

1801 年	1 月，患颜面丹毒。
	6 月至 8 月，前往彼尔蒙特、格廷根和卡塞尔旅行。
1802 年	1 月至 6 月，经常在耶拿逗留。
	2 月，策尔特初访魏玛。
	6 月 26 日，劳赫施泰特的新剧院揭幕。是年夏，歌德多次逗留劳赫施泰特。
1803 年	5 月，前往劳赫施泰特、哈雷、梅泽堡、瑙姆堡。
	9 月，里默尔成为歌德之子的家庭教师。
	11 月，歌德被委任为耶拿大学自然学院的监督。
	《私生女》完成。
1804 年	8 月至 9 月，在劳赫施泰特和哈雷。
	9 月 13 日，被任命为高级枢密顾问。
	写作《温克尔曼和他的世纪》。
1805 年	1 月至 2 月，肾绞痛病几次严重发作。
	5 月 9 日，席勒逝世。
	7 月至 9 月，多次访问劳赫施泰特。
	写作《席勒大钟歌跋》。
1806 年	4 月 13 日，完成《浮士德》第一部。
	6 月至 8 月，在卡尔斯巴德。
	10 月 14 日，耶拿战役，法军占领魏玛。
	10 月 19 日，与克里斯蒂安娜·乌尔皮乌斯举行婚礼。

写作《动物变形记》。

1807 年	4 月 10 日，公爵的母亲安娜·阿玛利亚女公爵去世。
	5 月至 9 月，在卡尔斯巴德。
	11 月至 12 月，在耶拿登门拜访弗罗姆曼。同明馨·赫茨利波结识。
	写作《十四行诗》，开始写《威廉·迈斯特的漫游时代》。
1808 年	5 月至 9 月，在卡尔斯巴德和弗兰岑斯巴德。
	9 月 13 日，歌德母亲逝世。
	10 月 2 日，在埃尔富特同拿破仑交谈；其后，于 10 月 6 日和 10 日在魏玛又和拿破仑再次交谈。
	写作《潘多拉》。
1809 年	写作《亲和力》，写作《颜色学》。
1810 年	5 月至 9 月，在卡尔斯巴德、特鲁利采、德累斯顿。
	《颜色学》脱稿。
	《歌德著作》（十三卷本，从 1806 年开始）出版。
1811 年	5 月至 6 月，同克里斯蒂安娜和里默尔在卡尔斯巴德。
	写作《诗与真》第一部。
1812 年	5 月至 9 月，在卡尔斯巴德和特鲁利采。
	同路德维希·范·贝多芬和奥地利的皇后玛丽亚·卢多维卡会面。
	写作《诗与真》第二部。
1813 年	1 月 20 日，维兰德逝世。
	4 月至 8 月，在特普利采。
	10 月 16 日至 19 日，莱比锡战役。
	写作《诗与真》第三部。

1814 年	5 月至 6 月，在魏玛附近的贝尔卡温泉。
	7 月至 10 月，前往莱茵和美因一带旅行。同玛丽安娜·封·维勒梅尔会面。在海德堡访问布瓦斯雷兄弟。
	8 月 16 日，参加宾根的圣·罗胡斯节。
	写作《西东歌集》。
1815 年	2 月，维也纳会议作出决议，萨克森－魏玛－埃森纳赫成为大公国。
	5 月至 10 月，第二次到莱茵和美因一带旅行。
	7 月底，和施泰因男爵一起从拿骚前往科隆。
	9 月 26 日，同玛丽安娜·封·维勒梅尔最后一次在海德堡会面。
	12 月 12 日，任魏玛和耶拿科学和艺术机构最高监督，大公国的所有文化部门悉归歌德领导。歌德被任命为国务部长。
	写作《西东歌集》、《温和的讽刺短诗》。
1816 年	6 月 6 日，克里斯蒂安娜逝世。
	7 月至 9 月，在泰恩斯台特温泉。
	写《西东歌集》、《意大利游记》（第一部、第二部）。
	出版杂志《论艺术与古代》（至 1832 年）。
1817 年	3 月至 8 月，11 月至 12 月，经常在耶拿。
	4 月 13 日，辞去宫廷剧院领导职务。
	6 月 17 日，歌德的儿子奥古斯特·歌德和奥蒂丽·封·波格维施结婚。
	10 月，歌德受委托负责合并耶拿所有图书馆。
	写作《原语》、《奥尔菲斯》、《我研究植物学的历史》。
	出版杂志《自然科学，着重探讨形态变化学》（直

至 1824 年）。

1818 年	4 月 9 日，歌德的孙子瓦尔特诞生。
	7 月至 9 月，在卡尔斯巴德。
1819 年	8 月至 9 月，在卡尔斯巴德。
	完成《西东歌集》。二十卷本《歌德著作集》（自 1815 年开始）出版。
1820 年	4 月至 5 月，在卡尔斯巴德。
	夏天至秋天，在耶拿。
	9 月 18 日，歌德的孙子沃尔夫冈出生。
	写作《威廉·迈斯特的漫游时代》、《温和的讽刺短诗》。
1821 年	7 月至 9 月，在玛丽恩巴德和埃格尔。
	初次遇见乌尔里克·列维佐夫。
1822 年	6 月至 8 月，在玛丽恩巴德和埃格尔。
	完成《随军征法记》。
1823 年	2 月至 3 月，患心肌梗塞和心包炎。
	6 月 10 日，艾克曼初访歌德。
	7 月至 9 月，在玛丽恩巴德、埃格尔和卡尔斯巴德。
	写作《玛丽温泉哀歌》。
	11 月，病重——痉挛性咳嗽。
1824 年	准备出版《与席勒的通信集》。
1825 年	2 月，再次投入《浮士德》第二部创作。
	3 月 21 日，魏玛剧院大火。
	11 月 7 日，歌德抵达魏玛五十周年庆典。
1826 年	完成《浮士德》第二部第三幕，即"海伦剧"。
1827 年	1 月 6 日，夏绿蒂·封·施泰因逝世。
	10 月 29 日，歌德的外孙女阿尔玛出生。

写作《温和的讽刺短诗》。

1828 年　　　　6 月 14 日，卡尔·奥古斯特大公爵逝世。

7 月至 9 月，歌德在道恩堡深居简出。

1829 年　　　　1 月，《浮士德》悲剧第一部在布伦瑞克首演。

《威廉·迈斯特的漫游时代》脱稿。

写作《意大利游记》。

1830 年　　　　2 月 14 日，大公爵夫人路易丝逝世。

11 月 10 日，歌德获悉其子奥古斯特于 10 月 26
日死于罗马。

11 月底，吐血。

写作《诗与真》第四部。

《歌德全集》（四十卷修订版，自 1827 年起）出版。

《遗文集》（二十卷），歌德逝世后于 1832—1842
年间出版。

1831 年　　　　7 月 22 日，《浮士德》第二部完成。

8 月 28 日，歌德在伊尔美瑙度过最后一个生日。

1832 年　　　　3 月 16 日，歌德最后一次患病。

3 月 22 日，歌德逝世。

（本年谱根据德国 Rowohlt Taschenbuch Verlag GmbH 1989
年 2 月出版之彼得·博尔涅尔著《歌德传》[ohann Wolfgang von
Goethe dargestellt von Peter Boerner] 附录 ZEITTAFEL，参考
《歌德诗选》[人民文学出版社 2001 年 12 月 北京] 附录《歌德生平
和创作年谱》编写）

轻经典

中外经典名著悦读丛书

　　所谓轻经典，绝非指经典本身之轻，而是指阅读经典的一种新姿态，即抛却外物的纷扰与喧嚣，摒除内心的烦乱与驳杂，以一种轻松愉悦的心态，亲近经典，走进经典，跟经典对话，与经典同行，一路领略经典的别样风景，感受经典的精彩世界，聆听经典的真情告白，使自己的人生有所感悟，让疲惫躁动的心安静下来，在这经典的港湾里歇息一下，补给一下。这就是我们编选这套《轻经典——中外名著悦读书系》的缘起。这套轻经典为精装本，我们力求做到装帧清新雅致，使经典作品真正从内到外名副其实，不仅让读者感受到经典的内在美，同时也给读者以视觉美感，提升其珍贵的悦读与收藏价值。

（第一辑）

国外经典名著

1	童年	33	尼尔斯骑鹅旅行记
2	在人间	34	安徒生童话
3	我的大学	35	小矮人
4	地心游记	36	格林童话
5	八十天环游地球	37	伊索寓言（精选）
6	海底两万里	38	普希金诗选
7	从地球到月球	39	海涅抒情诗选
8	茶花女	40	歌德抒情诗选
9	少年维特的烦恼	41	自然爱情人生艺术——费特抒情诗选

中国经典名著